Treasures for Scholars Worldwide

蔣冕集

①

桂學文庫·廣西歷代文獻集成

潘琦 主編

廣西師範大學出版社
GUANGXI NORMAL UNIVERSITY PRESS
·桂林·

圖書在版編目（CIP）數據

蔣冕集／潘琦主編. —桂林：廣西師範大學出版社，2012.5

（桂學文庫. 廣西歷代文獻集成）

ISBN 978-7-5495-1758-9

Ⅰ. 蔣… Ⅱ. 潘… Ⅲ. ①古典詩歌－詩集－中國－明代②古典散文－散文集－中國－明代③詩話－中國－明代－選集 Ⅳ. ①I214.82②I207.22

中國版本圖書館 CIP 數據核字（2012）第 097594 號

廣西師範大學出版社出版發行

（廣西桂林市中華路 22 號　郵政編碼：541001

網址：http://www.bbtpress.com）

出版人：何林夏

全國新華書店經銷

廣西民族印刷有限公司印刷

(廣西南寧市高新區高新三路 1 號　郵政編碼：530007)

開本：787 mm ×1 092 mm　1/16

印張：110.25　　字數：1764 千字

2012 年 5 月第 1 版　　2012 年 5 月第 1 次印刷

定價：2000.00 元（全 4 册）

《桂學文庫·廣西歷代文獻集成》編輯委員會

總序

潘琦

21世紀以來，隨著各地社會經濟的快速發展，與之相呼應的地域文化研究蔚然興起，呈現出多種地域文化研究競相迸發、研究成果累累、各種學理學説迭出的生動局面，有力地推動與彰顯著社會主義文化的大繁榮、大發展。廣西桂學研究，即誕生在這一時代大背景下。桂學是廣西最為重要的文化地標之一，它以廣西社會、歷史、文化、思想、藝術、科技、工藝等為研究對象，是具有鮮明廣西地方特色和民族特色的理念和學説的總和。桂學作為『學』，是一種能正確地、合理地呈現廣西客觀社會歷史文化與現實文化的系統知識的學問、學理和學説。

桂學研究無論是在時空上，還是在範圍及内容上，都是一個龐大的、系統的、廣泛的工程。其中，對廣西歷史文化的研究，是桂學研究的首要任務和重要内容。而對歷代形成並留存至今的關涉廣西的文獻遺存進行系統的整理、研究、保護、出版，又是進行歷史文化研究的首要内容，是保證桂學研究能够持續深入推進的學術基礎。為了全面、系統地整理相關文獻資料，廣西桂學研究會成立後，特在内部設置了古籍整理出版委員會，職司廣西歷代文獻的整理出版與保護工作。《桂學文庫·廣西歷代文獻集成》叢書的策劃與啟動，便是這項工作的重要成果之一。

桂學研究會由何林夏、蔣欽揮兩位副會長牽頭，組織專家學者開展了卓有成效的工作，在廣西壯族自治區圖書館、廣西壯族自治區桂林圖書館及廣西師範大學圖書館、廣西師范大學出版社以及有關單位的大力支持與積極協作下，意在蒐集現存的所有廣西古籍的《桂學文庫·廣西歷代文獻集成》將陸續出版，為桂學研究提供源源不斷的堅實史料支持。桂學研究會將在一個較長的時間内，集中力量，籌措資金，全面、系統、整體、有序地推進整理出版工作的持續進行，希望藉助於這種長期務實的工作，為桂學研究向更深、更廣的方向發展，提供翔實、系統、完整、可靠的史料，推進桂學研究各項事業的持續繁榮。

以整理、研究、保護傳統文化為出發點的古籍出版，在一定程度上起著繼承、弘揚地域歷史文化的作用。古籍作為歷史文化的重要載體，其本身即是珍貴的歷史文化遺產，它不僅記載著歷史發展的生動進程，同時也集自然之美與人文之美於一體，書於竹帛的歷史記載、華美辭章是我們瞭解歷史、解讀歷史、研究歷史、承繼民族優秀文化的主要途徑、可靠依據、重要史料。《桂學文庫》的整理出版，更因廣西本身鮮明的地域性、民族性特徵，而具有顯著的多重價值。

一、研究性價值。桂學研究以研究廣西歷史文化為切入點，即首先需要研究廣西文化的產生、源流、特色，探討廣西歷史文化與其他地域或國域歷史文化之間的關係。為此，需要通過廣視角、多層面、全方位的探討，以究明廣西歷史文化發展的脈絡，做到知根知柢。先秦時期，廣西為百越之地，秦統一嶺南後，廣西開始行政建置納入統一國家的版圖，並出現於此後各種史料的文字記載中，經歷代的文化積澱，已經形成了大量的文史文獻資料與考古資料。這些遺存流傳至今，都是廣西地域文化的珍貴財富，更是建立和支撑桂學研究的寶貴財富。我們通過對這些資料進行系統、全面的整理出版，並在此基礎上開展全面的研究與考察工作，將有利於加深對廣西文化的源流、性質、内涵、特徵、地位及影響等的理解，得出符合歷史實際和歷史文化發展規律的結論。同時也能為社會學、民族學、歷史學等領域的研究提供豐富的研究素材，為文化研究的多學科共同繁榮作出積極的貢獻。

二、教育性價值。古籍兼具知識性與情感性學習兩種功能。中華文化歷經千年，其所積澱留存下來的古籍，包羅萬象、博大精深，通過對存世古籍的閲讀，有助於我們加深對古代文化的理解與體驗，掌握古代人文知識、古文知識、古人寫作技巧，領略古文之精彩，增進對地方發展史的瞭解與認識。與此同時，通過對古籍中所記録的重要歷史人物的人生經歷、治學經驗、高尚思想品德和自强不息的成長道路的認知，對於今天提高我們自身的精神境界和文明修養，都會是一種有益的啟迪與教育。

三、開發性價值。古籍作为歷經千年的文化積累，有著豐富、深厚的文化内涵，蘊含著先人的智慧，同時保持著原創性、傳承性、地域性、多樣性的特點。通過對古籍所記載歷史文化等内容的研究，今人可以擷取其精華，作為現代文化藝術創作的藝術源泉與靈感來源，拓展文藝創作題材，開發文化資源，創新文化産業，使先民的文化生命通過古籍的傳遞，重新生發出新的藝術活力與價值。

當然，任何事物都因産生於具體的歷史空間而不可避免地被自身的歷史性所局限，産生於歷史中並留存至今的古籍也是如此。面對種類繁多的古舊典籍，需要我們用批判、借鑒的眼光去加以審視，要本著去粗取精、去偽存真、古為今用的原則，充分發掘其所具有的優秀文化價值。今天，我們重要的任務之一，即是從精神上、思想上接應優良傳統，並通過繼承優良傳統而獲取更多的精神與思想資源。歷史不能複製，它只屬於它具體存在的那個空間和那段時間，但歷史又永遠不會消失，只要人類生命還在繼續，歷史就必然活躍在人們的精神生活裏，並影響著人类文明的繼續向前發展。

我們希望以《桂學文庫·廣西歷代文獻集成》相關整理成果的持續不斷出版，向世人展示廣西優秀的歷史文化資源與人文傳統，能為方興未艾的桂學研究提供充足的資料支持，為桂學研究的向更深更廣推進有所貢獻。希望桂學研究能在繼承吸收廣西優秀的歷史文化遺産的基礎上繼往開來、勇於創新，服務於今天廣西文化的大發展、大繁榮的歷史需要。

出版説明

廣西桂學研究會自2010年成立以來，即將整理出版廣西歷代留存至今的各類文獻列為學會的重要工作内容之一，並成立了專門的出版委員會職司其責，其動議之一，便是協調所有從事及志於研究、整理、保護的單位、個人、專家、學者，共同促成《桂學文庫·廣西歷代文獻集成》的整理出版。

本套叢書的宗旨，是想通過整理出版歷代形成現仍存世的桂人文獻及關涉廣西的文獻遺存，為從事桂學研究的學者提供推進研究所需的翔實、可靠、系統、全面的資料，為桂學能在學者們持續不斷的長期研究中向深廣發展打下堅實的文獻基礎。

面對歷代留存至今種類繁多、卷帙浩繁的廣西文獻，本書在編排上以著者為主綫，通過查考相關資料著録及文獻存藏信息，努力將同一著者存世的全部著作蒐羅凈盡，匯為一書。

在出版形式上，本書採用整理一種、出版一種的方式，以及時向學者提供各类文獻，並希望憑借這種方式聚沙成塔、集腋成裘，最終將關涉廣西的文獻遺存全部展現於桂學研究者面前。

為保持相關文獻的真實性，避免因整理不當而對原文獻造成的誤讀與誤解，本套叢書對納入整理範圍的文獻，採用全文影印的方式出版，旨在為學者的研究提供最本真、最可信的資料形態。

與影印存真相應，我們也組織相關領域的專家學者，為所整理的著作，按照統一的格式撰寫了解題，冠於各書首册。解題的主旨：一則簡述著者生平等信息，使用者可據此對撰著者有一直觀的瞭解；二則簡介歷代目録著録情況並著作的主要内容，以明文獻傳承源流與撰著主要價值所在。

我們希望本套叢書的出版，能為桂學研究的發展繁榮提供充足的文獻支持，為桂學研究向深廣推進貢獻一份心力。桂學研究，首先是對廣西傳統文化與歷史的繼承與吸收，其更重要的意義，則在於在繼承基礎上的開拓創新，推進今天廣西文化的繼續發展，如果本叢書的整理出版能够起到其應有的作用，我們將深感與有榮焉。

解題

《蔣冕集》收録現存蔣冕著作兩種：《湘皋集》四十卷，清嘉慶二十一年（1816）重鋟俞廷舉重編本；《瓊臺詩話》二卷附録一卷，清雍正間刻本。

蔣冕（1462－1532），字敬之，號敬所，又號湘皋，廣西全州人。兄昪，南京户部尚書，以謹厚稱。成化十三年（1477），蔣冕十五歲中鄉試解元。成化二十三年（1487）舉進士（與兄同榜），列二甲進士第十一名，入翰林院，選庶吉士，授編修。弘治十三年（1500），太子朱厚照出閣讀書，經首輔劉健等提名，任命翰林院編修蔣冕兼司經局教書，侍東宫講讀；正德初年，任吏部左侍郎，改掌詹事府，典誥敕；正德九年（1514），以吏部左侍郎兼翰林院士陞禮部尚書。正德十一年（1516）八月，少傅兼太子太傅、吏部尚書、武英殿大學士楊一清致仕，當月二十八日會推閣臣，蔣冕被選為文淵閣大學士，加太子太傅，參預内閣機務。正德十二年（1517），改武英殿大學士，兼禮部尚書，加少傅兼太子太傅、户部尚書、謹身殿大學士。

蔣冕一生歷成化、弘治、正德、嘉靖四朝，見證與親歷了這一時期發生的許多重大歷史事件。其主要的政治活動，在弘治、正德及嘉靖初年。蔣冕對正德皇帝的諸多荒唐行徑屢有諫阻，如正德以『威武大將軍行邊』及屢次抛棄政務出京遊玩，便受到蔣冕的多次上疏反對，並『請治左右引導者罪』。此外，對正德有違祖制、延誤民政、加重民負等方面的行為，蔣冕也都有比較尖鋭的批評。《明史》載：『武宗之季，君德日荒，嬖倖盤結左右』，『然流賊熾而無土崩之虞，宗藩叛而無瓦解之患者，固賴廟堂有經濟之遠略也。』武宗『耽樂嬉遊，暱近群小』，幸得『秉鈞諸臣補苴匡救，是以朝綱紊亂，不底於危亡。』在這些『有經濟之遠略』的『秉鈞諸臣』中，蔣冕便是極其重要的一員。

正德十五年（1520）秋，武宗在外出巡遊歸京途中，自駕小舟捕魚，不慎落水受驚，由是病重，於次年三月駕崩於豹房。武宗而立之年猝崩，生前縱慾過度以至於無子絕嗣，又一再拒絕大臣的立儲建議，造成死後皇位承繼出現空缺。蔣冕與楊廷和等重臣參與定計誘捕心懷不軌的大將江彬，並以正德遺詔的名義擁立武宗堂弟朱厚熜為帝，為明王朝的政局穩定做出了貢獻。《明史》稱楊廷和、蔣冕等人的行動，『誅大奸，決大策，扶危定傾，功在社稷』，『即周勃、韓琦殆無以過』。嘉靖即位後，為表彰蔣冕參與『除奸佞、安社稷』的擁立之功，欲破明王朝文臣不封侯的舊例，格外授蔣冕『伯爵』爵位，蔣冕五次堅辭不受，後改為文蔭。

嘉靖初年，楊廷和、蔣冕等人協助皇帝公佈新的施政綱領，遣散錦衣衛所及內監、局寺、司庫等旗校、軍士、匠役十四萬人，革去冒濫軍功將校三萬餘人，又停止諸多工役、清理鹽政、漕政及皇莊官莊，同時減免漕糧。這些改革傾向明顯的措施的施行，使正德以來沉悶僵化的政治風氣有所改觀。

嘉靖帝即位不久，即欲為親生父母上尊號並立廟大內，以尊崇所生，由之引發了朝野上下持續多年關於『禮』制『孝親』與『尊統』的大讨論，史稱『議大禮』。

在議禮事件中，蔣冕與楊廷和聯合一批官員，堅持歷代典章舊制，反對嘉靖為親生父母上尊號及立廟的行為，對皇帝一再上疏進行批評。圍繞議禮事件出現的批評與衝突，造成皇帝與閣臣的矛盾積累越來越多，醖釀至嘉靖三年（1524）二月，楊廷和遭削官去職，首輔一職由蔣冕接任。兩個多月後，因繼續與皇帝意見相左，並屢屢引天變之説進行批評，且在上疏中以『官守不得其職者去』為由，自請辭官，嘉靖最終亦將蔣冕解職。

與議禮事件相先后，《明史》蔣冕本傳還記載：嘉靖三年，皇帝擬設『江南織造』以增加財政收入。蔣冕以『江南被災』等為由，『具疏請止』並拖延草勅，被皇帝『責其違慢』。此事關涉到提供嘉靖揮霍的經濟來源，應當也是導致蔣冕被解職的重要原因之一。

解職後的蔣冕返鄉家居，三年後又遭下詔削去原封職銜，貶為平民。嘉靖十一年（1532），蔣冕謝世，享年七十歲。明穆宗隆慶初年，朝廷敕令為蔣冕復官，追贈『少傅太子太傅、户部尚書、謹身殿大學士』蔣冕為少師，謚文定』。《明史》本傳稱蔣冕：『當正德之季，主昏政亂，持正不撓，有匡弼功』，在嘉靖『朝政雖新而上下扞格彌甚』的情況下，能『守之不移』，論者以為『有古大臣風。』此外，蔣冕生平亦見《國朝獻徵録》卷一五《弇州別記蔣公傳》。

蔣冕在政治上持正不阿、有所作為的同時，也有大量著述，但僅有兩種著作流傳至今，一為《湘皋集》，一為《瓊臺詩話》。

《湘皋集》成書於嘉靖年間，蔣冕卒後書稿曾付臨桂張君刻行，未幾張君歿，稿遂散佚。現行世的《湘皋集》，首刻於嘉靖三十三年（1554）。其時王宗沐任廣西學政，著意收集地方文獻，因『髫時聞公（蔣冕）起東南，以文學歷事三朝，始終全名，為世所稱道』，遂『采落搜匿，盡得其遺稿，名《湘皋集》』，『合而致之武部郎殷君，則悉為删次，釐為三十三卷』。此本今上海圖書館等有藏。

《四庫全書總目》卷一七五「集部·别集類存目二」著録「浙江孫仰曾家藏本」《湘臯集》，云：「是集分奏對四卷、奏疏三卷，附録召對及經筵講章勅諭等稿一卷、詩八卷、詞一卷、序記等雜文等十六卷。」應即前述三十三卷本，《四庫全書存目叢書》集部第44册所收，亦為嘉靖王宗沐三十三卷。該本書前依次有黄佐、吕調陽、陳邦偁、王宗沐序。考其目：卷一至卷四奏對，卷五至卷七奏疏，卷八附録，卷九至卷十七言律詩，十一卷五言律詩，卷十二古詩、樂府、長短句、六言、集古、辭，卷十三至十四七言絶句，卷十五五言絶句，卷十六聯句，卷十七詩餘，卷十八至卷十九序，卷二十至二十一記，卷二十二書，卷二十三至二十五雜著，卷二十六題跋，卷二十七策問，卷二十八神道碑，卷二十九墓志銘，卷三十墓表，卷三十一行狀，卷三十三祭文。

清嘉慶二十一年丙子（1816），全州舉人俞廷舉重編蔣冕著作為《湘臯集》四十卷。卷一至卷三十二為文集，卷三十三至卷四十为詩集。該本正文首卷首葉鐫「重刻蔣文定公湘臯集，清湘後學俞廷舉重編，闔邑紳士同刊」，兩函十四册。半葉十行，行二十字，板框高18.9厘米，寬13.4厘米，白口，單黑魚尾，左右雙邊，內封B面牌記鐫「嘉慶丙子(1816)重鋟/蔣文定公著/湘皋集/石邨俞廷舉重編忠雅堂/藏板」，卷首有《原序一》，署「嘉靖庚寅春二月既望門下晚學嶺南黄佐謹序」；次《原序二》，署「嘉靖三十三年歲次甲寅二月吉賜進士出身奉議大夫廣西按察司提督學政僉事前刑部郎臨海王宗沐拜書」；次《原序三》，署「嘉靖乙卯春二月既望賜進士及第翰林院編修文林郎臨桂後學吕調陽謹書」；次《原序四》，署「嘉靖甲寅夏月前正德甲戌進士承德郎禮部主客清吏司主事姻姪陳邦偁拜書於山西書屋之敬義齋」；次《原序五》，署「賜同進士出身承德郎兵部車駕清吏司主事臨桂殷從儉拜書」，以上諸篇，亦見王宗沐刻本。次《新增序一》，署「雍正丁未季冬前康熙癸未進士翰林院侍講學士族後學蔣肇拜手書」；次《明史本傳》，署「户部尚書王鴻緒」；次《少傅蔣公敬所墓志略》，署「嘉靖二十九年庚戌(1550)仲冬望原任兵部右侍郎兼都察院右都御史巡撫大同等處地方姻晚生茶陵雲東龍大有頓首拜書』。以上三篇，為王宗沐刻本所無，而嘉慶本新增者。

該本卷一詔，卷二至卷十一奏，卷十二奏、對、表、解，卷十三至卷十七序，卷十八至卷十九記，卷二十記、書，卷廿一書，卷廿二頌、赞、志，卷廿三考、辨、説、録、銘，卷廿四題跋，卷廿五書後、神道碑，卷廿六墓志銘，卷廿七墓表，卷廿八墓記，卷廿九行狀，卷三十行狀、事略，卷三十一祭文，卷三十二策問、隨筆、辯、補遺。卷三十三五古、七古、五律，卷三十四至卷三十五七律，卷三十六七律、五絶，卷三十七六絶、七絶，卷三十八七絶、七絶集句、五排，卷三十九聯句，卷四十詩餘。此本今中國國家圖書館、廣西壯族自治區圖書館等有藏。《清華大學圖書館藏善本書目》頁303著録有：『《重刻蔣文定公湘臯集》四十卷，明蔣冕撰，俞廷舉輯，清雍正五年(1727)全州刻本，十四册二函，十行二十字，白口，左右雙邊。』

另：俞廷舉重編《湘臯集》中末八卷，收集蔣冕所作詩詞七百二十一首，命名為《瓊臺詩話》。然察《瓊臺詩話》實為蔣冕早年輯録其師丘濬部分詩歌並據以評論之作，俞廷舉以『詩話』命名蔣冕詩詞，頗為不妥，徒增混淆。除《湘皋集》收録蔣冕詩詞外，清代梁章鉅輯《三管英靈集》，收有蔣冕詩六十三首。清汪森編《粵西文載》，收有蔣冕詩四十二首。清代張鵬展纂《嶠西詩抄》，收有蔣冕詩三十六首，其中兩首有目無詩。

考今傳《湘皋集》，由文集和詩詞兩部分内容組成，收録蔣冕所撰奏對、隨筆、祭文、策問、墓志銘、為皇帝所起草的詔書、詩詞等。書中所收諸作，因蔣冕特殊的任職經歷而多與正德、嘉靖兩朝的政治密切相关，各種詔令、奏議等佔全書篇幅的近三分之一，對當時的許多歷史事件多所涉及，可資考史。如詔令中的《賜皇叔祖寧王宸濠詔》、《賜各王府討宸濠詔》等，是研究寧王朱宸濠起兵叛亂的重要史料。又如《請因虜寇出境嚴緊速駕還京題本》、《請停止巡幸各處揭帖》、《請停止鎮國公太師稱號不往泰安州等處題本》、《跪行宮巷口大街泣請回鑾奏》、《再請回鑾題本》、《請駕還京疏》等，則備述武宗在外巡遊不歸、好大喜功的種種害處：有違祖制、危害政權、延誤朝政、加重民負等，言辭峻切，武宗多有採納，在客觀上緩解了皇帝滯留在外對地方的干擾，一定程度上減輕了社會負擔。此外，《先世譜系記》，是蔣冕所自撰的家族傳承史，對於研究蔣氏家族譜系具有重要的參考價值。《廣西貢院修拓記》一文，對廣西貢院建設及當時科舉制度在廣西的發展狀況，有簡潔扼要的論述，可補科舉制度研究相關史料之闕。收入《湘皋集》的書信，也多可作為後世研究明史相關環節的參考，如《與王陽明總制書》，便涉及當時桂林民間的反政府鬥爭。

《瓊臺詩話》二卷附録一卷，卷首《瓊臺先生詩話序》，署『崇正十一年戊寅（1638）冬至閩後學張瑾頓首拜序』；次《瓊臺先生詩話序》，署『萬曆戊戌（1598）仲夏之望吴門後學許自昌謹書』；次蔣冕自撰《瓊臺先生詩話序》，云：『歲戊戌，冕來京師，拜瓊臺先生於舘下，懇求學焉……又三年辛丑，會試不利，將南歸省母，因慮平日之所聞，久則不能無遺忘也。著為《詩話》二卷，總若干則。凡先生之鄉人暨當世之士夫談論有及於此者，冕或聞之，亦謹録於其間。』戊戌，當成化十四年（1478），辛丑為成化十七年（1481），《瓊臺詩話》即撰成於是年，其書稱『瓊臺詩話』，既言明所述内容多承聞自業師邱濬，又示不忘乃師之意。再次蔣冕撰文，署『學生蔣冕稽首拜上書』，擬題為《上瓊臺先生書》；又次《瓊臺先生小影贊》。

又據馮驥生《重刻瓊臺詩話序》載：『（蔣冕）遂受業於吾鄉丘文莊公之門，生平服膺師訓，久而弗渝』，『嘗欲仿程、朱門人語録之例，輯文莊公言行，匯爲一書，有志未果。兹《瓊臺詩話》，乃其初受業時所作，摘録文莊公詩，而詳加論列者也』。馮驥生《重刊瓊臺先生詩話序》謂本書輯録一人詩事詩作以為詩話，實為首創。《瓊臺詩話》現存有明崇禎十一年（1638）蔣兆昌愛吾廬刻本。

《中國古籍善本書目·集部下》詩文評類著録有：『《瓊臺先生詩話》二卷，明蔣冕撰，明萬曆二十六年（1598）許自昌刻本』，藏江蘇吴縣圖書館；『《瓊臺詩話》二卷，明蔣冕撰，明崇禎十一年（1638）蔣兆昌等愛吾廬刻本』，藏山西臨猗縣圖書館、遼寧省圖書館。《四庫全書存目叢書》所收，稱係據山西省臨猗縣圖書館藏明崇禎十一年（1638）愛吾廬刻本為底本，然考是書卷首張瓘序，署『崇正十一年戊寅（1638）冬至閩後學張瓘頓首拜序』，『崇禎』作『崇正』，當為避清雍正之諱；又其正文首卷首葉鐫『瓊臺孫兆昌期昌録』，考《龍溪縣誌》有清康熙六十一年（1722）知縣全州蔣兆昌名氏，則蔣兆昌實為清人；又，清人馮驥生撰《抱經閣集》有《重刻瓊臺詩話序》，云：『是書分上下兩卷，明長洲許自昌刻於萬曆年間。閩縣張瓘又刻於崇禎年間。迄國朝吾鄉王孝廉時宇復刻於乾隆年間，並附文莊公玄孫兆昌《續詩話》六則於簡末。百餘年來刊板已燬，傳本無存。訪之舊家，並云已佚。適蔡比部梅川同年，自京師告假旋里，出家藏本相示。校讎一過，訂其亥豕，爰付手民，以公諸世。倘讀者欲窺全豹，則有文莊公之《瓊臺吟稿》在，猶鳳凰之一毛，虬龍之片甲也夫！』據以可知《瓊臺詩話》之有清人蔣兆昌撰附録，其事在乾隆年間。《四庫全書存目叢書》本《瓊臺詩話》後有《附録》，署『宗孫兆昌編輯，弟期昌、男夢陽較』，據此可知其為清刻本無疑，又考其諱『崇禎』作『崇正』，而未避『萬曆』之『曆』，則其刻印時間可定於雍正年間。《四庫全書存目叢書》言該本為明刻本，非是。

該本二卷附録一卷，共收録詩話七十五則。書前署『萬曆戊戌仲夏之望吴門後學許自昌』撰《瓊臺先生詩話序》云：『先生（邱濬）餘閒，以詩歌自娱，非著述之鉅者。然詠歌性情、闡揚名理，大都有康節明道風，亦理學一班也。清湘蔣公（蔣冕）因而訓詁其間，廣其師説，命之曰「詩話」。』据此可知，《詩話》的主要内容，是蔣冕對於師説的闡發與擴充，詩詞的主旨，則多與理學相關。

《四庫全書總目》卷一九七『集部·詩文評類存目』著録『編修吴典家藏本』《瓊臺詩話》：『二卷，明蔣冕編。冕有《湘皋集》，已著録。冕為邱濬門人，因裒輯濬生平吟詠，各詳其本事。蓋即吴沆後人輯《環溪詩話》之例。凡七十五條，詞多溢美，蓋濬以博洽著，詩非其所長。冕以端謹不阿著，論詩亦非其所長也。』

綜合諸家著録及《明史》蔣冕傳，我們可以知道，蔣冕一生的貢獻，主要在於政治方面，其詩文成就，在當時及其後，並無特别突出的貢獻。作為一位親身參與、見證了明王朝諸多重大事件，並與當時的中央政權有千絲萬縷關聯、退職後居留鄉土多年的重要歷史人物，蔣冕流傳到今天的任何著作，毫無疑問都是極為珍貴的歷史文化遺産，對於明史研究和廣西地方史研究而言彌足珍貴，其對於學術研究的價值，也值得廣大研究者進一步發掘。蔣冕一生對其家鄉全州深懷感情，其思想和作品影響了其後全州的許多士子學人。

本書收録現存的蔣冕著作兩種：《湘臯集》和《瓊臺詩話》。其中《湘臯集》卷十六葉三B面、葉四A面，卷三十九葉二A面，卷四十葉九B面原書有局部殘損；《瓊臺詩話》附録葉九、十、十三，底本原缺。本書為便於讀者使用，對於原書無内容的空白頁面，統一作了删除，而對於原書流傳遞藏過程中形成的批語、題跋、藏書印鑒、圈讀等，均予保留。此外，由於古籍産生時代的印製條件與後世保存等的原因，造成部分頁面文字偶有漫漶，此種情形，只得一仍其舊。

蔣欽揮　王真真　魯朝陽

目録

湘皋集

湘皋集
卷一至三

嘉慶丙子重鋟

蔣文定公著

湘皋集

石邨俞廷舉重編

忠雅堂

藏板

原序一

文以載道天下之名言也佐則曰文者道之達也猶聲響形影非有二焉者也古之君子積於其中賁於其躬動爲儀軌颺爲訓謨彰聲教於上刑禮俗於下非有所潤飾而自宣著鴻遠者皆文也故易曰觀乎人文以化成天下夫惟道之不試而後文以載之周子之言蓋慨爲立言者發非所以論文之全也是故得志達道文在人矣不得志以守道文在言矣昔韓魏公爲宰相歐陽永叔在翰林公自謂天下文章莫大於是然則誦其詩讀其書而不夷考其德業豈善

覲文者哉洪惟國朝承胡元陰晦之後聖祖高皇帝丕闡人文煥乎如堯當時劉宋諸臣以文名世者皆不能外於覆幬百餘年來文運與天爲春施及成化宏治間日益亨暢而漸就擊斂瓊臺邱文莊公起而振之其積學修辭直宗子朱子而仰覘聖祖睿製以爲騶埜然而春陽和煦然而象緯明繩然而山河兩戒相終始眞治世之文也惜入輔已晚平生德業之蘊惟大學衍義補一編而已今少傅兼太子太傅戸部尚書謹身殿大學士致仕湘源蔣公實出其門受知於公最深聞學之宏遠制行之端謹立朝之剛正

無一不肖似者輔導武宗扈從南巡力止留都卜郊
翼六龍以歸輿論謂非公在行則天下阽危未可知
及受遺與少師楊公商確新政詔令一下除蠹釐弊
人心翕然凡入告嘉猷於今上皇帝一主子朱子之
說執持不回至於請老而去其功在社稷排大難斷
大事決大疑有瓊臺公所能爲而未及者公皆身之
雖古名臣可多見哉佐不佞鼎待罪史館獲受公教
茲視學廣右拜公洮陽相與晤言道舊喜見顏色出
湘皋集示佐俾爲序僭愚以爲當以奏疏內制爲首
蓋行義達道之所寓而文與詩賦次之則游藝緒餘

也公頷而是之定爲若干卷嘗僭評公德業文章如有源之水流行阡陌間泒達於澮澮達於川沛乎其不可遏菽粟是之自出天下實飽之而莫知其賜可謂今之韓魏公也已觀是集者當知公一身關係世道之大毋徒以其文也嘉靖庚寅春二月既望門下晩學嶺南黃佐謹序

原序二

嘉靖庚戌沐受職視廣西學政既入境迺博采其地之山川風俗節士遷人與夫名臣故老知洮陽有敬所蔣公是時去公歿幾二十年矣雖父老子弟往往有能道公行事至從求其遺言存札則家故所藏已散落殆盡余未嘗不喟然嗟也始余髫時固聞公起東南以文學歷事三朝始終全名爲世所稱道顧以生地僻不及聞今獲遊其鄉而不得一讀其文且如公者非特爲一鄉文學之所關藉而卒使其泯焉不傳焉則可悼也已於是始采落搜匿盡得其遺稿名

湘皋集合而致於武部郎殷君則悉爲删次釐爲三十三卷刻焉而公之孫諸生務樵務稼者謁余泣而請序其首簡沐惟昔者孔子序書論次堯舜三代帝王心學謨典固將以尊王鄙伯示萬世平天下之大本大法也如秦穆公者猥焉春秋之雄秦誓一篇乃其窮黷挫悔之詞疑不當與聖王之言並列於經至讀其中所指大臣斷斷無他技而獨以能容爲家國之利則始知其取舍固於聖人不繆也夫大臣而無他技則其平居所事獨鎭靜淵默而於世之所謂智名勇功者皆歉然若不敢承比據勢臨變當倉皇膠

攝之時乃能委綏曳爲舒徐維持於其間而向之所謂智名勇功者縮手而不敢覰焉則所謂大臣其不近於古所稱而天下亦將陰蒙其惠而莫訟言之乎公由進士以文學進在宏治初年洊歷詹侍入輔大政是時公言行休休恂恂不與時怙寵靈僑然有所操攝似誠無他技者至正德末年毅皇帝思博廵天下以爲諸侯法度翠華南幸愚夫愚婦不覩大旨固已嚣然爲疑奸人伺便從而觖覦其間儲位固虛大懟在側比辛巳春北還而宫車且忽晏駕矣是時安危一髮幾不再瞬而幸屬上以潛德龍飛蓋始會朝

而定夫天篤生聖神以爲天地社稷開萬世太平人
臣誰得尸其功者而公先是疏請同鑾干冒忌諱屋
楹廟鼎使四海恃以無恐徐與一二大臣協心贊盛
豫清蹕穢曾無遽色卒語而大策卒定比壬午以後
凡所以入告莫非二帝三王所以典學正心之道以
佐中興則公之勞於天下不謂不博矣危疑之時天
下駭眩若羈御駻突而公以休休之身横塞而奠之
至於寵利之間恬引決退皭然於塵埃爲世羡慕若
公者非泰誓所指而利之者與公學見大端爲詩文
卒沉明雅逸夫公不欲以智名勇功與天下競而况

吻吟脛引以求句字之工如藻繢之士哉顧其煜然蒼然之光自不可掩而覽者必知爲大臣經國之言故余不復道而述其大者焉時嘉靖三十三年歲次甲寅二月吉賜進士出身奉議大夫廣西按察司提督學政僉事前刑部郎臨海王宗沐拜書

原序三

古謂姚宋不見於文章劉柳無稱於功業益慨夫二者之難兼爾粤稽我朝樹開國之勲兼有文傳世若青田劉公後是而名公碩輔若三楊二李商文毅輩代不乏賢逮正德末嘉靖初若少傅吾湘源敬所蔣公時稱賢輔公幼奇穎甫成童發解廣右入太學師邱文莊公登甲榜入翰林歷宮坊學士吏侍禮書以入內閣襄機政隨其秩位屢著猷爲扈從武宗皇帝南巡孤立於權倖間隱憂成疾不着戎服不賀威武府牌額諫止留都郊祀懇請回鑾壽借同寅受顧命

奉迎今上皇帝龍飛以紹統立極頒布詔條剗剔宿弊吁俞廊廟工熙事康以致海宇咸寧宗社永奠地道無成弗敢貪天功以自伐而聖神離照嘗以効勞嘉之其事業如此自未筮仕以至賜閒數十年間諸文若詩具事情明理義凡覩草對揚紀述建白暨問訊喻勸褒美乎人人者卒秩秩雍雍正大平實舒臺閣之氣挽敦樸之風超軋茁之習其篇章如此學識淵宏操修雅飭而謙厚接人處家崇孝友之行蒞官循清慎勤之規矢不避艱危庶仰禆謨烈知止乞休優游於林下恤民體國老去尤惓惓其平生如此則

屬之序余生也晩步趨未能敢序其文哉然受之卒業得因以窺先生之奧則幸矣今觀疏陳奏對諸篇主持倫常根極理要若長河千里勢必東注中經阻激百折而不失所性之故古律樂府諸體發揚性眞和平冲澹若碧水芙蕖瑩然一色不假安排雕飾而天巧自在不可及也韓子有言本之深者其末茂膏之沃者其光煜仁義道德之言不可僞爲也先生盛德渾涵泯然不見圭角故其發於文章不爲佶屈聱牙競奇夸靡而忠厚正直之氣光明俊偉之度淵深閎邃之學可以槩見嘗竊譬之蟠松怪石天下之奇

玩也然明堂檍章所取材者不於是耆炙黃蘇天下之奇味也然簠簋樽彝所將獻者不於是先生之文其諸楩楠豫章也太羹元酒也有公輸易牙者出將欲掄材而辨味焉當有所取矣余何敢肆爲之說嘉靖乙卯春二月既望賜進士及第翰林院編修文林郎臨桂後學呂調陽謹書

原序四

湘皐集少傅敬所蔣先生著也先生歿二十年而集始刻傳刻之者督學僉憲王公司馬郎殷君二君子敦崇耆哲蒐輯遺言用意勤矣先生自童丱稱神總角發解為太學生時文莊邱公奇之以詩曰自嘆白頭難再黑極知青色過於藍蓋已識其為公輔之器云既登第歷史局宮坊才名蒸蒸益起游陟華階遂柄大政正德末年當乘輿四出强虜在邊巨憝伺隙機事所關間不容髮先生匡扶捄濟坐消禍變卒之受遺定策迎立眞主轉危疑之勢成中興之業功在

社稷而先生呐然若愚退然若不能進秩增爵懇疏
辭免温綸褒諭有忠謀偉績近古社稷臣之稱則簡
在帝心紀之國史天下後世有知之者初余髫年已
切切竊慕先生恨不能徒步數百里從其游及舉里
選而先生卽世竊謂不得游其門得聞其梗槩可矣
及叨官詞林館閣薦紳往往談說先生之行事而景
其遺風間有得其所爲文翰無不寶藏之者然不過
千百之十一爾又竊嘆不得與之同朝得讀其緒論
可矣甲寅春余謁告歸泊湘皐過先生故居徘徊竚
眺浹然有遐思焉適先生諸孫務樵輩搜以此集而

兼文章功業之全也殆有本者歟矧躬逢盛時而能
守法持正非唐之相開元者可倫矣抑豈叔文之黨
攻乎詞者可同日論哉公嘗自集詩文稿成册旣卒
厥子詹事府簿與貞錄以託太常臨桂張君刻行未
幾張歿稿漸散逸家藏原册適經燼罕存倘爲慨惜
者久督學臨海王公念公名臣前哲遺言宜傳亟爲
採摭完復屬同年友夏曹郎臨桂殷君删次類分刻
以行遠是固華國之文不可磨滅而尊賢發幽力亦
多矣昔昌黎韓子集至宋幾晦得六一歐子廼顯迄
今則公文之傳也豈偶然哉初厥孫務樵務漁務稼

請序於王公殷君君致書轉屬於余而三生申請蔣陳世姻家先大夫介軒翁與公道義交俱因辱教愛叵以不文辭也奈時方病瘓未能援筆茲三生捧湘皐集來以書速序感念餘輒勉述如右且借諗夫初學之觀斯集者勿徒歆羨乎末當自培植其本本立道充無入而不自得嘉靖甲寅夏月前正德甲戌進士承德郎禮部主客清吏司主事姻姪陳邦偁拜書於西山書屋之敬義齋

原序五

少傅嶶所蔣公所爲詩文稿若干卷公謝政歸以付大常張公子陽未幾公捐館舍子陽尋亦厭世稿遂散逸予釋褐初期與同志者校梓以廣其傳顧購之無所從得迄於今十年矣頃在告歸以語督學王公新甫力爲搜採始盡得其稿因屬編次刻之夫立言如公宜足爲世重然非王公敦崇文教加意其間將泯焉不傳予亦安能畢是役也文章顯晦固有待耶公年十五發解十六游太學師事瓊臺先生文名遂起集中上先生書及自序詩稿族譜皆公十七八時

所作若不經意而見者已知其爲臺閣之文今之能文者竭平生精力以從事非不盡態極妍足駭人耳目然而勞亦甚矣視公所得爲何如耶刻成因掇數語於簡末若公之大節首序已言之亦備見諸集中云賜同進士出身承德郎兵部車駕清吏司主事臨桂殷從儉拜書

新增序一

余癸卯春纂修家乘得先文定公遺譜始知其同出於二十一世祖淑公雖世次莫辨皆自梅潭十太房分派焉心竊嚮往之及見其八世孫述先兄弟家道中落不絕如縷書香莫繼又未嘗不爲之慨然至其湘臯集余年髫齔卽聞其名然燬於兵火在勝國時已無有存者後讀書中秘每遇士夫過書肆輒爲尋訪卒不可得今副憲謝勿亭廵視兩浙醝政始獲於華亭相國家海內止此一帙失而復得不可謂不幸矣公之忠義大節在天地豈必區區以文辭見然後

之人思其人而不得見見其文如見其人則斯集固不可以不存也因手錄之僭爲批評次其句讀俾讀之者於奏疏而知其功在社稷難進易退焉於書文而知其沉雄博大先輩風格焉於詩詞雜著而知其清新俊逸高出一代孝友姻睦無愧古人焉若其請賑請蠲薄賦輕徭諸大惠又公之大有造於吾全者更不可不表章之以示鄉黨宗族之人以傳之天下後世也但余衰病交侵殘喘無幾他日果能重梓以行世或後之人能續其事以成余志焉則豈獨公之目瞑於九原也哉雍正丁未季冬前康熙癸未進士

翰林院侍講學士族後學蔣肇拜手書

明史本傳

戶部尚書王鴻緒

蔣冕字敬之全州人兄昇南京戶部尚書以謹厚稱冕舉成化末年進士選庶吉士授編修宏治十三年太子出閣兼司經局校書正德中累官吏部左侍郎改掌詹事府典誥勅進禮部尚書仍掌府事冕清謹有器識雅負時望十一年命兼文淵閣大學士入參機務明年改武英殿加太子太傅近倖言邊功大行陛賞冕及梁儲亦廕錦衣世千戶兩人力辭乃改文廕帝之以威武大將軍行邊也冕時病在告疏諫曰陛下自損威重下同臣子倘所過諸王以大將軍禮

見陛下何辭責之曩膺皇帝北征六軍官屬近三十萬猶且陷於土木今宿衛單弱經行邊徼寧不寒心請治左右引導者罪不報十四年扈帝南征還加少傅兼太子太傅戶部尚書謹身殿大學士帝崩與楊廷和協誅江彬世宗即位議定策功加伯爵固辭改廕錦衣世指揮又辭乃廕五品文職仍進一階御史張鵬疏評大臣賢否請罷冕御史趙永亨詆石珤不可掌銓衡冕珤遂求去朝議不平諸給事御史皆言其不可去帝乃命鴻臚諭留冕上疏陳謝猶固乞骸骨再下優詔始起視事嘉靖三年遣官織造江南命

晃草勅晃以江南被災具疏請止帝不從勅亦久不進帝責其違慢晃引罪而止大禮議起晃固執爲人後之說與廷和等力爭之帝始而婉諭繼以譙讓晃執議不回及廷和罷政晃當國帝愈欲尊崇所生逐禮部尚書汪俊以慨晃而用席書代之且召張璁桂萼物情甚沸晃乃抗章極諫曰臣聞有官守者不得其職則去臣備員內閣預聞大政必知其非而事失其守者不一而足溺職甚矣悞國貲君將安用之兩月以來陛下欲尊崇所生立廟大內臣與同官毛紀費宏反覆論辨至數千言未蒙採納竊思陛下嗣承

丕基固因倫序素定然非聖母昭聖皇太后懿旨與
武宗皇帝遺詔則將無所受命今既受命於武宗自
當爲武宗之後特兄弟之名不容紊故但兄武宗考
孝宗母昭聖而於孝廟武廟皆稱嗣皇帝稱臣稱御
名以示繼統承祀之義今乃欲爲本生父母立廟奉
先殿側臣雖至愚斷斷知其不可自古人君嗣位謂
之承祧踐阼皆指宗祀而言禮爲人後者惟大宗以
大宗尊之統也亦主宗廟祭祀而言自漢至今未有
爲本生父母立廟大內者漢宣帝爲叔祖昭帝後止
立所生父廟於葬所光武中興本非承統平帝而止

立四親廟於章陵宋英宗父濮安懿王亦止卽園立廟陛下先年有旨立廟安陸與前代適同得其當矣豈可旣奉大宗之祀又兼奉小宗之祀夫情旣重於所生義必不專於所後將孝武二廟之靈安所託乎竊恐獻帝之靈亦將不能安雖聖心亦自不能安也邇者復允汪俊之去趣張璁桂萼之來人心益駭是日廷議建廟天本晴明忽變陰晦至暮風雷大作天意如此陛下可不思變計哉因力求去帝得疏不悅猶以大臣故優詔荅之未幾復請罷建廟之議且乞休疏中再以天變爲言帝益不悅遂令馳傳歸給月

廪歲夫如制冕當正德之季主昏政亂持正不撓有匡弼功世宗初朝政雖新而上下扞格彌甚冕守之不移代廷和爲首輔僅兩閲月卒齟齬以去論者謂有古大臣風明倫大典成落職閒住久之卒隆慶初復官謚文定

少傅蔣公敬所墓志畧　　明　龍大有

公諱冕字敬之號敬所姓蔣氏世居全州其系蓋出漢安陽侯琬之後曾祖諱貫刑部員外郎祖考諱安隱德不仕考諱艮雲南河西知縣俱以公貴贈光祿大夫柱國兼太子太傅戶部尚書謹身殿大學士曾祖妣梁祖妣滕妣郭生母陳俱累贈一品夫人天順癸未二月十二日公生於河西官舍幼穎敏十歲喜屬文讀書過目輒記不忘年十五舉成化丁酉廣西鄉試第一及領薦如京師邱文莊公見而大奇之遂命從學古文辭成化丁未同厥兄戶部尚書梅軒公

舉進士選入翰林院庶吉士宏治己酉受本院編修癸丑充經筵展書官庚申以編修兼司經局校書尋陞右春坊右中允甲子乞歸省母乙丑奉母之京以纂修通鑑書成陞右春坊右諭德兼翰林院侍講丙寅武廟登極命充經筵講官更纂修孝宗實錄丁卯陞侍講學士公先後在翰林念有一年聲望隆然爲天下重信全湘靈氣之所鍾也詩曰維嶽降神生甫及申我公有焉戊申以內艱憂家居値歲凶州人飢甚公乃爲書當道具陳古人救荒後時之弊始發公廪濟之賴以全活者甚衆其他如馬船之困於造觧

民壯之困於遠征後竟以奉旨得免州人至今感焉己巳服闋復任庚午主應天鄉試一時得名士居多辛未上命公教習庶吉士許成名等於院署五月陞詹事府少詹事兼翰林院侍講學士尋加散官授中順大夫十二月陞吏部右侍郎壬申進階嘉議大夫癸酉尋轉本部左侍郎甲戌二月奉旨以左侍郎兼翰林院學士入內閣專管誥勑十一月陞禮部尚書仍兼翰林院學士本年考滿以例應長嗣嚴坦為太學生欽賜新鈔羊酒十二月公辭免陞職上不允奉旨褒嘉乙亥公自陳乞休上不允丙子九月奉勑以

禮部尚書陞文淵閣大學士有玉帶之賜公又以重任具辭上不允又奉旨褒嘉丁丑五月上以山東等處盜平內閣大臣贊謀有功賞銀五十兩紵絲四表裏還廕子侄一人做錦衣衛世襲正千戶公具辭復奉旨褒嘉准辭世襲武職改廕文職中書舍人公亦不敢遽受七月陞太子太傅禮部尚書兼武英殿大學士公具辭復奉旨褒嘉所辭不允是皆公出翰林登臺輔履歷之大概也書曰臣哉鄰哉鄰哉臣哉我公有焉戊寅四月公有疾兩承欽賜內珍諸品七月公以疾乞休上不允復奉旨褒嘉於時公尚在告閣

聖駕出京上疏極論稱謂不當言甚激切不報自是隱憂成疾三疏乞休俱不允蒙温旨慰留己卯四月公扈從南狩時遊擊江彬擅權擁兵公處此危疑之秋憂悴不食力陳利害懇乞回鑾皆不報至十二月欽天監具奏明年郊祀期近上欲於南京舊壇行禮公乃開具敷歛進呈謂祖宗配位南北不同聖心嘉納遂有大祀日期另擇來看之語自是不意又復因循公乃跪行宮門街次泣請回鑾上以郊祀未奉歉然於心乃於庚辰年十二月旋蹕實公之力也詩曰念我獨兮憂心慇慇我公有焉辛巳正月三年考滿

奉勅褒嘉進以少傅謹身殿大學士改戶部尚書公具辭不允復奉旨褒嘉辛巳三月宮車晏駕江彬承握重兵欲謀不軌人心洶洶危如累卵公遂邀朝同少傅石齋楊公具本請於昭聖皇太后擒誅巨惡時有內監與彬姻親力阻不進公與楊公歷數彬罪逆滔天始畏攝進入自巳至未得承懿旨允行遂以安乾清宮吻獸計召彬入擒之付法司處以極刑先是密請懿旨定策奉迎今上入正大統幸巨惡先擒都城寧謐上乃得從容至京尊居大寶實公之力也易曰王臣蹇蹇匪躬之故我公有焉嗣承推恩議封伯

爵公乃累疏懇辭上亦累旨褒嘉有卿功在社稷封爵之加義不爲過而乃具疏懇辭至於數四第重違卿雅志已准辭免朕心怏然賜宴進階及文武錄廕畧示朕報功之意卿再辭不允癸未二月又當會試天下士上准禮部議請命公主之取進士四百人視他歲爲最盛四月公以六年考滿上賜新鈔羊酒等物是月公竟以疾累自陳乞休上乃許之有月給米四石歲撥人夫六名應用寫勅着馳驛去仍勅兵部議廕子一人做錦衣衛指揮同知世襲議上奉俞旨行該省布政使司查取應廕兒男奉廕先是長嗣以

原廕太學生銓選詹事府主簿奏乞送公歸家蒙允
隨丁內艱查取承廕至今未經起送嗚呼是皆公精
忠大節高薄雲漢堅貫金石耿耿不磨有如此其他
功業在朝廷惠澤在海宇聲譽在後世自有國史大
書特書不一書兹不敢悉也公先配陳氏教諭贈右
通政郡人章之女誥贈一品夫人先公三十一年卒
繼配陳氏所封亦如之少保兼太子太保左都御史
湖廣應城西軒公金之女先公八年卒晚置側室唐
氏劉氏李氏公伯仲三人長即尚書梅軒公其同母
弟昂為庠生早世子男二長履坦以廕授詹事府主

簿具奏養病次　履仁乃劉氏所出嘉靖十七年十月初二日生家病故且娶本郡陳府司馬璲之女繼則娶桂林胡長史傑之女爲履仁娶桂林楊僉事鏊之女繼則娶本郡郭司訓蕃之女爲孫男三俱庠生長務樵次務漁係胡氏所出次務稼郭氏所出孫女三人胡氏出也長適郡庠生滕尚章次適儒士滕美章次適余之第三子庠生銓公以嘉靖十一年七月十二日卒得壽七十次年四月二十五日葬公於城南恩德鄉丹家塘之原負丑面未實太夫人墳右也詹簿君永念不忘因與予有男女締姻之雅奉公事

實懇請記叙履歷表於墓次果辭弗獲遂作墓志略以歸之天下士知與不知咸曰敬所云昔嘉靖二十九年庚戌仲冬望原任兵部右侍郎兼都察院右副都御史巡撫大同等處地方姻晩生茶陵雲東龍大有頓首拜書

湘皋集目錄

文集

重刻蔣文定公湘皋集卷之一

清湘後學俞廷舉重編
闔邑紳士　同刊

文集

詔

修省詔 正德十二年　月

朕躬膺天命子育兆民夙夜靡寧國惟治理敬天恤民之心未嘗少忽夫何災異頻仍旱潦繼作今年自五六月以來京師及河間保定南京及淮揚鳳陽蕪湖以至湖廣荆襄漢沔河南汝寧等處各府州縣恒

雨爲災遠近大水人民困苦所不忍言而地震冰雹
星隕爲火與夫狂風猛火連燒官民房屋倉庫之異
不一而足循省咎徵莫測所自豈德有未洽政有未
修誠或未格於天孝或未爭於祖刑賞或有未當用
舍或有違宜工役或有或新時賦斂或太繁重惠澤或
未下究怨讟或至并興以致然歟抑爾中外文武大
小群臣類多因仍苟且尸素無補爲大臣者既未能
攄誠率屬佐理化機爲小臣者又未能勤身任職以
釐庶務𥖁拾遺補過之位者未必能明治體㕘典戎
幹方之責者未必能任外事牧民者豈盡循良治獄

者不無冤枉甚者背公狥私剝下媚上溪壑其欲魚
肉其民以致然歟亦安得不均任其咎哉自今各洗
心改過痛加修省恪供乃職同體厥懷庶幾上下協
盡交修之道而和氣可臻災變可弭用益永我國家
億萬載太平之業欽哉

賜皇叔祖寧王宸濠詔 正德十三年

皇帝致書叔祖寧王該本府內官閻順等奏稱典寶
正涂欽結交致仕都御史李士實并都指揮葛江及
引禮舍人羅黃盧榮校尉查五樂人曾魯等出入府
內并入宮飲酒密謀撥置打死人命等項違法重情
朕以閻順等不先啟知叔祖輒來具奏下錦衣衛鎮
撫司從重責治該司欲將閻順等監候備行都察院
轉行江西鎮巡等官行提奏內應審人證到官逐一
從公勘問各項事情務見明白如果干碍李士實并
葛江等徑自提問若叔祖明知涂欽所為不行禁治

亦要明白具奏朕又以閻順等旣撥侍本府自宜安
分今乃擅自離府逃走來京罪何能逭已各打五十
發去南京孝陵充淨軍種菜但其所奏本府禁治欠
嚴以致外人交通事情未委虛實念在親親姑免查
究自今以後務須循理修德毋致人言專書以達惟
叔祖亮之

賜皇叔曾祖唐王討宸濠詔 正德十四年八月

皇帝致書叔曾祖唐王近該南京內外守備參贊等官太監黃偉等先後奏報寧王宸濠殘害巡撫方面因禁三司等官拘收各大小衙門印信縱放在監獄囚僞加逆黨熊內官將帥名目分遣賊衆到於湖口吳城等處縱橫刼掠邀搶湖廣江西各處漕運糧船攻圍九江府治燒燬彭澤等縣又令逆黨涂承奉帶領賊徒二三千人攻圍安慶反逆之罪昭彰明甚又該太監劉璟李鎮邱得黎鑑總兵官柳文方壽祥都御史蔣恭劉玉李充嗣叢蘭秦金沈冬魁王詡等及

御史胡潔蘂忠毛伯温成英王以旂張縉劉欒劉翀
等南京科道官孫懋熊允懋蔣達戚雄等并留守顔
愷都指揮楊銳張勲知府張文錦張麒各奏亦同前
情事皆指實已下廷臣會議皇親公侯駙馬伯及文
武科道等官僉謂宸濠背逆天道得罪祖宗神人共
怒覆載所不容近日叔淮王兩次密切差人亦報前
事與諸人之言如出一口朕不得已祇告天地宗廟
革去宸濠王爵削其屬籍親統六師徃正其罪重念
我祖宗開創洪業封建親藩屏翰帝室朕嗣統以來
益篤親親之恩用衍本支百世之慶天地神明所共

臨鑒豈意宸濠包藏禍心自作不靖况彼之兇惡根於天性殘害本府内外族屬不止一端誣陷郡王罝之非罪淫亂宗女致死儀賓抱苦銜寃無所控訴已非一日遠近宗親久已習聞孰不切齒朝廷一切寛貸彼乃稔惡日甚前年本府典寶副閻順等已奏宸濠陰謀不法等事今年御史蕭淮沈灼給事中徐之鸞等又各奏宸濠聽信姦謀招納叛賊打死無罪人員如都指揮趙鉞通判黄芸長史莊典知縣周佑等不下數百又擅殺指揮戴宣仍禁錮其子孫籍没其財産并差人來京潛住探聽等項事情朕猶未肯遽

信但遣親臣齎書戒諭用示保全至意使未入境先
已反叛今日之舉斷以大義不得不然惟在誅剿首
惡分釋脅從撫定軍民寧謐境土以固億萬年無疆
之業宸濠或差人通書文飾其罪者即便拏送鎮巡
衙門牢固監禁仍密切奏來茲特馳書遍告宗室惟
叔曾祖亮之

賜皇叔曾祖建安王討宸濠詔 正德十四年八月

皇帝致書叔曾祖建安王近該南京內外守備參贊等官太監黃偉等先後奏報寧王宸濠殘害巡撫都御史因禁三司等官僞加逆黨熊內官將帥名目聚集賊衆到於湖口吳城等處縱橫刼掠荼毒生靈邀搶湖廣江西各處漕運糧船攻破九江燒燬彭澤等縣搜奪印信刼庫刼獄又令逆黨涂承奉帶領賊徒二三千人攻圍安慶聲言欲襲南京掘斷儀眞瓜洲等壩以塞運道反逆之罪昭彰明甚又該太監劉璟李鎭卽得總兵官柳文方壽祥都御史李充嗣叢蘭

奏金沇冬魁王誧等及御史胡潔葉忠毛伯溫成英
王以旂張縉劉欒劉翀等南京科道官孫懋熊兊懋
蔣達戚雄等并留守顔愷都指揮楊鋭張勳知府張
文錦張麒各奏亦同前情事皆具有實跡朕以祖宗
開創洪業封建親藩屏藩帝室嗣統以來益篤親親
之恩以圖悠久豈意宸濠包藏禍心謀危社稷先該
本府典寶副閻順等奏稱宸濠陰謀不法等事又該
科道官蕭淮徐之鸞沇灼等各奏宸濠强脅郡王虐
害忠貞招納亡命打死平人并差人來京潛住採聽
各項事情朕念在宗室姑從優厚但遣親臣齎書戒

諭以示保全至意使未入境反狀已明下廷臣會議
皇親公侯駙馬伯及文武科道等官僉謂宸濠背逆
天道得罪祖宗神人共怒覆載所不容朕不得已祗
告宗廟革去宸濠王爵削其屬籍命將出師正名討
罪誅勦首惡分釋脅從指日罪人可得地方安靖重
念本府內外族屬被宸濠殘傷毒害非止一日往者
誣陷郡王置之非辜淫亂宗女致死儀賓并謀奪子
女財產等項非止一端抱苦銜冤不能控訴朝廷知
之甚明今肆行反叛其事惟出宸濠一人各郡王將
軍人等並無干預各宜益守忠貞不可自生疑慮共

享太平之福或有被其廹脅情非得已果能改悔自新去逆效順朝廷亦俯從寬貸並不追究中間或又有能設謀定計內應天兵擒執首惡者仍大加恩典特茲書告其本府將軍以下仍煩轉諭此意惟叔曾祖亮之又叔祖樂安王叔宜春王叔端昌王皆煩以此意告之

賜各王府討宸濠詔 正德十四年八月

近該南京內外守備叅贊等官太監黄偉等先後奏報寧王宸濠殘害巡撫方面船到九江湖口荼毒生靈縱橫刼掠邀搶漕運糧船放火燒燬彭澤等縣已破九江又圍安慶仍先遣人欲掘儀眞瓜洲等壩以塞運道反逆之罪昭彰明甚又該都御史李充嗣亦奏江西三司等官多被殺害囚禁要行分兵取路徽州水陸并進欲襲南京又太監劉璟李鎮邱得安遠侯柳文南和伯方壽祥都御史叢蘭秦金沈冬魁等并御史葉忠胡潔毛伯温成英王以旂張縉劉欒及

南京科道官孫懋熊光懋蔣達戚雄等知府張文錦都指揮楊銳各奏亦同前情事皆詳實朕以祖宗開創洪業封建親藩屏藩帝室肆於即位以來益篤親親之恩以圖悠久豈意宸濠敢爾包藏禍心謀危社稷先該典寶副閻順等奏稱宸濠不法多端又該科道等官蕭淮徐之鸞沈灼等各奏宸濠强脅郡王虐害忠貞招納亡命打死平人數多并計没人産覇占官民田土差人來京潛住探聽經年累月前後踵接各項事情朕念在宗室姑從優厚但遣親臣齎書戒諭以示保全至意使未入境反狀已明下廷臣會議

皇親公侯駙馬伯及文武科道等官僉謂宸濠背逆天道得罪祖宗大逆不道神人共怒覆載所不容朕不得已祇告宗廟革去宸濠王爵削其屬籍命將出師正名討罪宣布威德分別順逆但宸濠稔惡已非一日其於本府內外族屬殘傷毒虐所不忍言往者誣陷石城王安置高墻烝淫鍾陵王女致死儀賓并計奪謀占其他子女財產等項非止一端朝廷每每屈法含容覬其改悔而彼奸謀日甚罪惡貫盈今叛逆之謀惟宸濠一人各該郡王將軍人等并不干預務各恪守忠貞申嚴大義有能擒執首惡者大加恩

典其勿自生疑慮庶使宗藩安榮境土寧謐共享太平之福茲特馳書遍告宗室惟王亮之

重刻蔣文定公湘臯集卷之一終

一園俞當藹校字

重刻蔣文定公湘臯集卷之二

清湘後學俞廷舉重編

闔邑紳士　同刊

奏

乞歸省母奏 宏治十七年七月初七日

右春坊右中允臣冕謹奏為乞恩歸省事臣伏覩成化二十三年四月十九日詔書內一款凡兩京文職有離家六年以上欲照例給假省親者許其歸省欽此欽遵臣原籍廣西桂林府全州人由成化二十三年進士改翰林院庶吉士欽除本院編修繼陞前職

臣思有母陳氏在家今年六十七歲臣先於宏治八年三月內蒙皇上准令給假歸省今自離家復任又經七年臣母年日老兼之素患痰氣等疾無時舉發切切思臣甚欲一見而臣縻於官守不能親侍湯藥況廣西去京師萬里道路崎嶇不能迎養引領南望未嘗頃刻而忘於懷伏望皇上曲賜矜憐乞勅該部查照翰林院學士張芮侍講學士劉春侍讀毛紀等給假馳驛省親事例放臣歸省并給脚力依限前來供職臣不勝感戴天恩之至

辭陞禮部尚書奏 正德九年十一月二十九日

臣冕謹奏為乞恩辭免陞職事正德九年十一月二十七日節該欽奉手勅吏部左侍郎兼翰林院學士蔣冕陞禮部尚書仍兼翰林院學士照舊辦事欽此臣聞命驚惶罔知攸措竊惟我朝罷中書省不立丞相而設六部尚書分理天下庶務朝廷執政大臣其爵秩崇重莫有過於尚書者而禮部尚書即古大宗伯之職邦禮乃其所掌神人以之而治上下以之而和厥任甚重大也以尚書重職而又兼大學士清銜非得才行兼優名實允稱之士其何足以當簡命之

隆哉有如臣者性資庸陋問學荒踈叨官翰苑尋陞宮坊雖歷數任曾無寸補恭遇皇上嗣登寶位以從龍恩謬膺異渥不數年間進副宮詹出貳銓部今年春再入翰林典司誥勑玩歲愒日又歷三時夙夜省循俯仰愧畏歷官三品茲値一考書滿之期適際聖眷褒進元臣遂以謏恩濫及庸品且當履長錫慶之日君子道長之辰恩命非常自天而下本無勞效之可錄乃累資歷以叙遷越分踰涯莫斯爲甚慙汗之至無地自容伏望聖恩收回成命俾臣仍以舊官供職勉圖報於將來臣不勝感戴天恩之至

自陳乞休奏 正德十年四月初六日

臣晃謹奏為自陳不職乞恩休致事臣以庸劣遭際
聖明頃自銓曹擢兼翰長尋膺寵命晉陟春卿仍兼
翰林以司誥勅仍居宮端以握印章臣自受命以來
黽勉策厲期報涓埃而荏苒歲時無補毫髮乃徒曰
費大官之廩歲耗司農之粟捫心揣分負愧懷憂欲
退伏田里以苟免罪戾為日久矣茲者吏部舉行舊
例奏請考察庶官凡百執事皆務一一得人以仰副
皇上循名責實簡用才賢之盛意況乎官聯曳履之
班任玷演綸之直出入禁密地位清華知臣之不肖

豈可以久妨賢路哉用是俯瀝懇誠仰瀆聰聽伏望
聖慈特垂矜允亟賜罷黜庶幾上不爲知人之累下
獲免尸素之慚臣無任恐懼待罪祈恩之至

乞停止南海子遊獵題本 正德十一年正月初三日

臣某等謹題爲備納芻言以彰聖德事臣等竊見昨日府部科道等官皆不願皇上郊天之後前去南海子遊獵俯伏極言甚至言淚下者百數十人不謀而同豈敢故違聖意哉爲宗社計耳言雖忠懇天聽莫回以此各官又伏闕上疏以覬聖心之終悟也延頸以俟未奉俞音小大惶惑莫知所措臣等備員內閣輔導無方雖嘗隨衆開陳而語言拙訥不能達意昨於薄暮披瀝血誠謹具短疏恭詣左順門稽首投進歸而抵家卧不安寢輾轉反覆中夜以思此事行止

繫國安危故敢不避斧鉞昧死再陳伏望皇上廓天地之量昭日月之明俯鑒羣言特賜采納亟將府部科道等官所陳章疏一一發下令臣等擬旨批出以釋羣疑停止遊獵斷然不行尤望皇上思祖宗付托之重體臣民愛戴之深重念前星未耀居守無人郊天之日并前一日駕出鑾廻悉循故事皆在清晨於以盡事天之敬於以防意外之虞則天地歆鑒臣民歡悅和氣致祥海宇寧謐宗社萬萬年無疆之慶端在是矣臣等不勝惓惓懇切俟命之至

自劾不職乞恩求退以消天變奏 正德十一年四月初六日

臣晃謹奏爲自劾不職乞恩求退以消天變事近該各處災異迭見致廑聖心惕然警懼特諭内外臣工俾同修省臣仰聆德音憂惶無地竊以自古禦災之道人君則側身修行於上大臣則省愆引咎於下然後百工惟熙庶政克舉臣資性庸愚學識淺陋第以遭際聖明屢緣幸會僥倖官階至於二品雖無大臣之才已竊大臣之位地居禁密職在綸言平日既不能敷宣德意遇災又不能建白忠謀徒冒恩私久妨賢路況臣氣體素弱平生多疾自今年二月以來肺

虛痰嗽目睛瘇赤四支疲困行步艱難凡臣之疾衆所共知論臣之才識旣如彼其劣論臣之精力又如此其衰其爲不職孰甚於臣伏望皇上特賜罷黜以爲瘝官曠職者戒別選賢俊代居臣位不惟使愚臣獲安素分苟免物議而朝廷之上所以消災變以回天意見於舉錯之間者亦無不當矣臣冒犯天威不勝恐懼待罪祈恩俟命之至

辭免兼文淵閣大學士內閣辦事奏正德十一年九月初三日

臣冕謹奏爲辭免重任事近因內閣缺官該吏部奉
旨會各部都察院通政司大理寺并六科十三道官
從公推舉堪任官三員而臣濫與推舉之例節該欽
奉手勅禮部尚書蔣冕着兼文淵閣大學士與梁儲
每一同辦事欽此臣聞命驚慚罔知攸措竊惟我朝
內閣之臣實有股肱輔導之責君德資其涵養化機
倚之贊襄職任匪輕選用不易必有端毅之操足以
鎮浮有明達之才足以成務文能適用道足匡時備

顧問則必如古人之知無不言言無不盡代王言則必如古人之推廣德意通達民隱與聞庶政則必如古人之見賢必薦而用舍之際舉愜輿情遇事必諍則必如古人之斧鉞不避而議擬之間盡合公論然後上有以副聖天子之知下有以慰士大夫之望如臣者賦質庸劣才何有於寸長遭時亨嘉仕每霑乎誤渥久叨法從未能隨事納忠嘗貳銓衡不過因人成事徒以積資累考遂爾冒寵微榮甫叨學士之兼官遽辱秩宗之峻擢祿既厚而務則簡位益崇而報尤微方咎譴之是虞何延登之敢望豈意厠名薦剡

濫被恩綸俾兼大學士之華階處以文淵閣之重地
分大過於望外愧切深於胷中熱自揣量義當辭避
伏望聖慈允臣所請追寢成命別授偉才庶不上累
知人之明下致妨賢之誚臣無任慚悚激切祈懇俟
命之至

請亟廻鑾主行太皇太后喪禮題本正德十二年二月初十日

臣某等謹題爲恭請廻鑾以行大禮事臣等竊聞太
皇太后已於今日清晨不諱查得我國家英宗朝有
誠孝太皇太后之喪孝宗朝有孝肅太皇太后之喪
皆以聖孫在御主行聖祖母喪禮故事具存今聖駕
遠出於大行太皇太后之疾既不能問安視藥以盡
孝忱臣等前此顧乃懵然全不與聞略無片言匡救
已往之罪固莫能追今大行太皇太后既已上仙若
聖駕不即廻鑾須布遺誥曉諭宗室諸王及中外臣

民則此大喪禮何以舉行臣等於此乃又不能極言力諫以回聖意其將何以免夫天下後世之責貿國之罪雖死亦不能贖矣伏望皇上卽刻廻鑾遵行累朝故事以盡孝思以安天下臣等不勝懇切仰望之至

乞取回劉允停止張玉不差題本正德十二年二月

臣某等竊見天下賦稅歲入有常而國用日增無有限制雖年穀豐登尚難支持一遇荒歉尤爲狼狽況今虜患未寧軍需糧草在在欠乏太倉每歲解去各邊銀兩每不足以供一歲官軍之用所賴以接濟者惟有鹽課一事然往日開中鹽引如正德十年則開中正德元年以前課額今各處運司該年正課俱已開中盡絶凡有奏請開中多是預先支給鹽法因此大壞猝有邊警召募客商多不上納邊方既無以仰給又不免動支太倉銀兩助買支應蓋因公差人員

奏討引目數多本等客商守支艱難以致如此夫以太倉有限銀兩既不足以給緩急之需鹽課成法又日益廢壞無以接濟邊用萬一復報有重大聲息勢須多用糧草不知朝廷將何處之近該司設監太監劉允差徃烏思藏齎送番供等物奏討長蘆運司見鹽一萬引兩淮運司見鹽六萬引其跟隨人役多有挾勢謀利之徒徃徃該支一萬引或夾帶至八九萬引以此載鹽船隻塡滿河道南北官民商旅舟楫一切阻塞不容徃來其所用拽船人夫多至二三千名威勢逼迫役及婦人所過之處怨聲載道非惟有壞

顯法抑恐激成他變臣等實切憂之夫人君之所當
敬者惟天與祖宗而已列聖以來每於郊廟之祭必
竭誠備物以盡報本追遠之道所以天心悅豫祖考
來格災害不生福祥駢集具有明徵初非以奉事西
佛而繇也乃若烏思藏者西番化外之教其徒飲酒
食肉不知戒律又釋氏之所恥言者聖明在上正宜
申嚴禁戒遠斥其人豈宜崇信其說遣使送供浪費
國計而貽生民之害也再照陝西延綏甘肅等處連
年災傷米穀薄收人多饑饉加以去年虜賊深入搶
掠又有回賊屢年作耗瘡痍之民尚未甦息地方十

分縣苦錢糧十分窘乏彼處布政司等官計無所出具本奏請通融議處又乞賑濟方患無以應之今該司禮監傳奉聖旨差御馬監太監張玉前去彼處造辦應貢各樣土宜物件其合用錢糧茶品等項欲令陝西鎮巡都布按三司等官及甘肅地方官員計處交與張玉置辦凡百大小事情悉聽張玉便宜處治所在大小衙門毋得違阻令臣等備以此意撰寫勑書臣等躊躇累日未敢仰承聖意緣前項地方兵荒貧窘民不聊生若令措辦錢糧取之於官則庫藏匱乏取之於民則田野空虛所在大小衙門官員雖欲

欽奉詔旨無得違阻而公私匱竭無從出辦儻或嚴刑峻法剝民膏脂有所不顧竊恐事極變生民窮盜起勢所必至將來意外之患有不可勝言者矣仰惟聖明在上神武聰明愛民如子切切以保安地方為念今忽欲有此舉臣等竊意聖慮一時偶有不及實亦臣等不能開陳之罪也況甘肅切近土魯番諸夷日夜窺伺欲為邊患設若內地盜起彼必乘機寇邊地方安危關係非小至於便宜處治惟軍機重務得以行之尋常公幹豈可援此為例此事臣等且未暇悉論特以關係聖治及地方安危者冒昧言之伏望

皇上俯垂天聽亟將劉允取回今後凡有奏討鹽引者一槩不與重念陝西之民貧苦可憫更將張玉停止不差前項勅書免令臣等撰擬地方幸甚生靈幸甚臣等不勝懇切顒望之至

乞寬仁以御左右題本 正德十二年　月　日

臣某等謹題爲崇寬仁以光聖德事臣等竊聞人君之於臣庶當寬以御之然後能得衆心故皐陶之稱舜有曰御衆以寬而孔子之論治亦曰寬則得衆此誠古今不易之道也至於左右近臣尤當體其勤勞恤其饑困偶有過焉或出於無心而誤犯者亦宜矜察而寬宥之誠能如此則人人感恩懷德樂於趨事雖廹之使去彼將戀戀然如赤子之於慈母亦有所不忍矣況肯棄官職而逃去乎臣等看得今日發下文書有鎮撫司一本內開奉御李文長隨楊佑或因

失誤當差或因失誤操練畏懼責打遂脫下牌帽各行逃走致發門官并校尉盤詰捉獲送司問理夫以李文楊佑既官為奉御長隨皆荷有牌帽之賜彼豈不戀官職之榮而乃一旦逃去不顧誠以雷霆之下無不摧折者萬鈞之重無不糜爛者陛下之威豈但僅如雷霆而其勢亦豈但萬鈞之重而已哉此臣等所以不避斧鉞之誅惓惓焉惟願陛下寛以御衆而允施仁布德以結左右近臣之心也陛下儻不以臣等之言為迂俯賜聽納則不必嚴禁重罰而人人不敢犯矣伏惟聖明留意

乞停止差官燒造題本 正德十三年 月 日

臣等看得江西地方被賊殘破而饒州一府逼近姚源洞自反賊王浩八等倡亂以來其居民老稚甚不聊生房屋多被焚燬田地大半抛荒今雖賊平而流逋四散未盡復業所在閭里十室九空正宜加意撫綏豈可無故騷擾近該工部手本內開尚膳監太監張俊等題請本監供應磁器不敷應用先年會議燒造各色磁器四十四萬三千五百件自宏治十三年後陸續燒成進過十萬四千八百三十件未燒三十三萬八千六百七十件欲差官前去提督燒造奉聖

旨既供應磁器不敷照前奏行件數差官前去燒造
欽此續該工部具題欲望皇上軫念江西地方兵荒
小民窮困收回成命特勑該監再查各色磁器見在
之數通融節用暫免燒造若果缺之數多必不得已
則乞免差本監官前去請照依宏治九年事例惟勑
彼處鎮巡三司等官督令該府查照原欠之數如式
燒造陸續進用奉聖旨已有旨了着差去官用心燒
造來用欽此隨該司禮監奉聖旨着尚膳監太監李
和去寫勑與他欽此令臣等撰寫勑書臣等看得江
西地方委實兵荒相仍小民窮困若再差官前去多

帶匠作人等供費不貲未免重困於民反側之徒將來難保無變誠有如該部之所言者伏望皇上垂念江西地方兵後民窮所宜憫卹李秘停止不差前項勅書免令臣等撰擬地方幸甚生靈幸甚臣等不勝懇切待罪俟命之至

同梁少師辭免恩命奏 正德十二年五月十九日

臣某等謹奏為辭免恩命事正德十二年五月十六日該兵部送到謄黄欽奉手勅前山西岢嵐等處并遼東開原等處各有斬獲虜賊功次近日四川等處又奏報大盜寧息内閣大臣贊謀定議致有成功梁儲蔣冕毛紀各賞銀五十兩紵絲四表裏梁儲蔣冕還廕他子姪一人與做錦衣衛世襲正千戶欽此臣等聞命之餘不勝惶汗竊惟論功行賞固朝廷之大典而無功冒賞亦臣子之大戾切見比年以來宣府大同屢被虜賊侵犯去年七月虜自白羊口進入腹

裏數百里內生靈痛遭荼毒遼東并甘肅等處地方
亦各連年損軍折將而四川筠連等處土民因與邊
夷爭占田土互相殺害致使隣近人民橫罹鋒刃仰
賴皇上英明神武仁覆天下以故天必助順將士効
力邊陲境土稍獲安寧臣等叨居內閣曾無寸補陛
下不責其瘝官曠職之罪幸已多矣況此駢蕃之銀
幣非分之恩廕臣等又安敢冐昧登受以重招物議
也哉又況我祖宗之制武階世廕必由軍功近時文
臣子孫雖嘗有受廕爲錦衣千百戶者然或因提督
軍機與將帥同事或因職掌兵戎運籌畫策厥功可

錄者乃間有之固未聞文墨供奉之官而可與督兵
本兵之臣同受軍功之廕賞者此臣等之所以揣心
知分不敢冒昧登受者也伏望聖明俯垂睿察收回
恩命庶俾臣等得以稍安職分照舊供事不然則物
議沸騰舊職且不能自保陛下其亦將焉用之哉臣
等下情不勝懇切祈望之至

辭免加太子太傅兼武英殿大學士奏（正德十二年七月十一日）

臣冕謹奏爲辭免陞秩事正德十二年七月初七日節該欽奉手勑禮部尚書文淵閣大學士蔣冕加太子太傅兼武英殿大學士尚書仍舊欽此臣聞命惶懼罔知攸措竊惟保傅之官古今所重非極天下之選不足以當之不得其人寧缺而不備可也仰惟皇上聰明天縱臨照百官以六曹諸臣多陟宮保而臣等官內閣每遇常朝其立班顧居六曹諸臣之下又以內閣臣中旣有師臣矣而保傅之臣尚缺而不備

也故一時誤恩濫以及臣俾之充位惟是保傅之官在文職爲一品與其他尋常階級不同非鉅勳碩德豈宜輕畀臣實何人乃敢當此臣以庸劣備員內閣已非所堪今復俛踰超登儲傅且又陞華殿幄仍秩春卿德薄位崇力小任重自猶知其不可人豈謂之當然若不堅辭寧免大戾伏望皇上察臣子由衷之請施天地從欲之仁與其績用弗成然後納之譴責之中孰若罪戾未深姑且措之安全之地收還新命俾守舊官則臣之感戴當不異於承恩荷寵之日矣臣干冒天威不勝懇懼俟命之至

辭免加太子太傅第二奏

臣冕謹奏爲懇辭加秩事昨該臣誤承恩命具疏辭免區區所陳實出肝膈重煩聖訓以懼以慚倘有微忱冒干天聽仰惟皇上愼重名器不輕與人臣備員內閣亟宜上體聖心裁抑僥倖以定衆志豈可躬自叨冒而處非其據哉况我國家稽古建官東宮三太與在廷三少名次雖後先不同而品皆從一所以表率百寮爲天下所具瞻者祖宗以來非勳非舊未始輕授內閣大臣在仁廟時固有授以三少者當時如三楊中惟士奇及榮二人雖溥之耆德亦至英廟御

極之數年始授之其後乃或有不盡然者逮英廟復辟後李賢最爲寵任亦在任既久始授以三少之職近十數年來則或供事甫一兩月而遽爾加陞或在職未及一年而遽爾超擢與祖宗之時異矣然猶或因恩例或因考績倘皆有說也如臣者性資凡庸材識卑下於前楊李諸臣既無能爲役且待罪內閣未能一年叨官尚書仍須歷俸三四月始是三載考績之期今顧一旦驟加以非常恩命使人從而議之曰庸陋如臣未經久試如臣乃亦得以濫竽如此竊恐朝廷名器將由臣一人而遂輕矣則臣寧不自此而

得罪於天下之公議哉伏望皇上鑒臣愚衷特賜矜
可勿以勑旨既行難於反汗俾臣仍守舊官勉圖報
稱幸無使臣品秩雖加而常時若有芒刺在背則臣
之感戴與加秩等皇上之恩所以加於微臣者眞與
天地同其高厚矣臣屢犯威嚴不勝恐懼俟命之至
同寅止之末上

重刻蔣文定公湘皐集卷之二終

一圜俞當藹校字

重刻蔣文定公湘臯集卷之三

清湘後學俞廷舉重編
闔邑紳士　同刊

奏

再辭恩廕奏 正德十二年七月十三日

臣冕謹奏為懇辭恩廕事臣待罪內閣比因邊境稍寧聖恩覃布初承特命世廕武階繼荷新恩改廕文職昨者又該吏部查例上請節奉聖旨蔣冕廕一子做中書舍人着勉從朕意不必再辭欽此仰惟陛下之於臣造化曲成萬物之恩一至於此且又寵臣以

勉從朕意之一言臣雖至愚極陋亦豈不知上承君父之命下爲子孫之圖而乃逡廵退遜不避再瀆以干雷霆不測之威者豈無說哉誠以恩逾其分必實不能以自安也況中書舍人係近侍衙門官員先年內閣在任大臣雖曾有廕子爲此官者彼皆德望隆重勞積久著恩非濫及如臣庸劣無似且在任甫及九月未經久試詎宜例受此恩又況臣職忝宥弼之匡持朝政多闕民困未甦拜稽踈瀾於殿陛之下而臣每苟祿如常警蹕傳呼於郊野之間而臣猶安居如故建白未聞謀議無補有臣如此亦將焉用之

顧乃僥於幸會例延世賞寧能泰然安之而不慚汗無地也哉用是俯瀝血誠仰干洪造伏望皇上特賜矜允收回成命俾臣之心跡猶得以自明庶將來或能圖報於萬一則寬假之恩過於受廕萬萬矣臣不勝懇切俟命之至

駕幸近郊偕梁少師儲追至昌平請廻鑾題本

正德十二年
八月初二日

臣某等謹題臣等昨日在閣辦理文書見午末未散候至申刻始出閣門及至長安門外則道路相傳皆以爲聖駕清晨已輕騎徑往教場隨即前去天壽山等處臣等聞之心膽戰驚莫知所措今儲嗣未建人心危疑車駕既出誰與居守又各衙門一應題奏本并太常寺該奏大祀社稷并遣祭先師孔子此等禮儀尤爲重大不知何以上達天聽臣等職叨輔導實不遑安謹詣行在俯伏面奏恭請聖駕即回以安人

心臣等不勝恐懼待罪祈恩俟命之至

請亟賜迴鑾題本 正德十二年八月初八日

臣某等謹題今月初一日晚忽聞駕幸教場隨即移蹕昌平次日午間臣等倉皇前去具本請駕行至沙河該司禮監太監蕭敬等傳諭聖意命臣等先回節間移蹕湯山大塲等處該府部科道等官連日出安定東直等門迎候迴鑾至初六日早又該蕭敬等於左順門傳奉聖旨文武官不必迎駕一二日卽回欽此近又節聞移蹕通州轉至南海子等處臣等已欽遵前旨二日不敢出城迎候但自初一至今已經八日而迴鑾尚無定期中外臣民不勝危懼况今近郊

去處新羅水災人民困窮盜賊充斥猝然草野鳥驚
獸駭意外之變難保必無誠不可不留聖慮也伏望
皇上念祖宗付託之重體臣民愛戴之深俯納臣等
所言卽日廻鑾以安衆心宗社生靈不勝慶幸

再請廻鑾題本　正德十二年八月初九日

臣某等謹奏臣等伏見聖駕違出巡幸本月初六日早該司禮監太監蕭敬等於左順門傳諭聖意命文武百官不必迎駕一二日即回自初六至今已經三日恭候廻鑾未有定期中外臣民不勝瞻戀臣等備員內閣義關休戚匡輔無能徒切慚畏伏望皇上俯納微忱即日廻鑾以安衆心宗社幸甚生靈幸甚臣等不勝懇切仰望之至

三請迴鑾題本 正德十二年八月初十日

臣某等謹題伏自今月初一日聖駕遠出巡幸跋涉數百里經旬未返臣等雖職忝輔導不獲與扈從之列連日出郊迎請未睹聖顏下情懸懸曷勝瞻戀謹待罪俯伏上請伏望皇上思宗社之重寄念居守之無人上體兩宮太后倚望之深下慰中外臣民仰戴之切即日迴鑾以慰人心天下幸甚臣等不勝懇切俟命之至

鑾廻問安題本　正德十二年八月十四日

臣某等謹題爲問安事伏見聖駕歸自近郊上有以解兩宮聖母之憂下有以慰中外臣民之望臣等不勝慶幸但自駕出以至鑾廻經歷旬又三日跋涉二百餘里在臣下尚且不勝其勞况以萬乘之主躬御鞍馬朝暮寢膳豈能不減於舊伏望皇上自今以後愼重起居勿輕出入敬以端君於天位仁以固結乎人心益延國家億萬載無疆之福臣等不勝懇切祈望之至

請愼重起居以安人心題本 正德十二年八月 日

臣某等謹題爲愼重起居以慰安人心事今年六七月間道路相傳以爲聖駕欲出遊關征剿虜寇遠近人心莫不惶惑臣等聞之以爲聖明天縱必無此事既而道聽之說亦止而不傳人心已稍安矣不意昨日道路之人又皆驚傳以爲皇上此念尚未全止又聞已率輕騎七八人往教場閱視兵馬矣此言得之道路如此訛言亦足以驚駭人心況前星未耀震位尚虛萬乘至尊非因郊祀重事豈可輕出國門之外又況近來各處大水爲災田野小民十分窮困強竊

盜賊所在縱横其他意外之患難保必無臣等備員
輔導若知而不言則他日雖萬死亦不足以贖誤國
之罪用是不避斧鉞冒昧上塵伏望皇上愼重起居
不輕出入茂隆國本以安人心宗社幸甚天下幸甚
臣等不勝激切仰望之至

乞因災異策免題本 正德十二年八月

臣冕謹題爲災異非常乞罷黜以答天譴事竊見今年四五月以來各處地方水患非常南京國家根本之地陰雨連綿歷兩三月不止又雷擊神機營旗杆鳳陽祖宗興王之地雨久而多山水驟發臨淮天長五河盱眙等縣軍民房屋牲畜穀麥盡被衝塌田禾淹沒無存老稚男婦溺死者甚衆蘇松常鎮嘉湖等府財賦所出之地四五十日內大雨如注夏麥秋稻盡遭淹死淮楊南北襟喉之地自儀眞北至清河遠近一望茫無畔岸高低禾稼俱無形迹房屋坍塌人

畜漂溺難以數計淮安新舊城內駕船來往居人老少半棲城上河堤決口阻壞船隻後幇糧運無計前行湖廣荆襄諸處淫雨連旬江水泛漲人民困苦不滅去年京城內外并順天河間眞保定等府連日淫雨數十年來所未嘗有通州張家灣一帶彌望皆水衝壞糧船漂流皇木不知其幾且每年漕運糧米就使盡數運到京通二倉尚慮不足供用今先到糧船既已沉溺數多後來糧船又未知何日可到將來事勢誠有大可慮者臣輔導無狀實切憂慚展轉以思義不容默伏望皇上念災異之非常思君道之當盡

新德勤政以同天意布澤施惠以安人心特勅有司將被災州縣一應徵派盡行蠲免被災人民量行賑卹尤望皇上特拔前代災異策免大臣故事將臣罷歸田里別求經濟偉才代居重任則臣今日雖難逭夫瘝官曠職之罪而他日猶幸免夫妨賢誤國之誅矣臣不勝激切俟命之至

請廻鑾兼乞勿以威武大將軍鈞帖調遣軍馬支給錢糧題本 正德十二年九月二十日

臣某等謹題爲再陳愚悃早乞廻鑾事伏自聖駕出京以來已經二十餘日今恭遇萬壽聖節凡親而宗藩遠而外夷其奉表來京與臣等在京在外各衙門官員人等皆不得一望天顏山呼舞蹈以盡其惓惓敬仰祝頌之誠況孟冬伊邇禮當時享太廟若非及早廻鑾躬親奠獻其何以慰祖宗在天之靈亦何以盡皇上報本追遠之意又況近京各處衙門多抄奉總督軍務威武大將軍總兵官印信鈞帖凡調遣軍

馬支給錢糧槩以此帖行之臣等伏見祖宗舊制一應軍馬錢糧非該部奉有勑旨俱不許擅行支應今乃一旦以此帖行之他日設有奸人乘機詐冒軍衛有司不能辨別眞僞一槩奉行安能保無他患伏望
皇上思祖宗付託之重念兩宮懸望之深即日廻鑾以安中外今後凡欲調遣兵馬支給錢糧仍遵舊制而行前項印信鈞帖俱已停止不行以防意外之虞且毋使天下之人他日指爲口實以爲臣等之罪宗社臣民不勝慶幸

請重邊防以備虜患題本 正德十二年 月 日

臣某等謹題爲重邊防以備虜患事臣等竊惟宣府爲國北門自永樂以來每屯聚重兵於此用以外禦虜寇內衛京師不容一日而少忽也今聖駕巡邊命宣府總兵朱振副總兵陶杰等統領官軍一萬六千員名扈從前去大同等處其宣府城內所留軍卒既是不多又皆羸弱不堪征戰之人地方空虛甚矣虜賊近邊住牧備知我之虛實其所以潛形匿跡者安知彼非欲乘機伺便以遂其奸謀詭計使我暗墮其術中而不自覺也哉倘駕至前路少留數日或更欲

西行萬一虜賊長驅而來徑犯宣府誰能捍禦則保安懷來以東居庸以南一帶人心皆皇皇無措京師亦當戒嚴矣事之可憂孰有大於此者此實宗社安危所係不可不慮伏望皇上俯鑒臣等愚忠深惟宗社至計慎重邊防及早廻鑾即將朱振等所領兵馬掣回仍舊鎮守地方以絕夷虜窺伺之心宗社幸甚天下幸甚

乞嚴防虜患振旅還京題本 正德十二年　月　日

臣某等謹題近該大同鎮巡等官奏報賊約有數萬餘騎近邊出沒勢甚猖獗臣等不勝憂懼然聞聖駕今已駐蹕大同調集各該軍馬皆至仰仗神謨睿算分布將領委任責成相機防守賊衆聞風退遁指日可待矣但恐虜情莫測設伏詐北誘引我兵萬一輕出追逐致墮其計未免有損威重臣等雖云書生不閑軍旅嘗問諸老兵宿將皆以爲然誠不可不深爲之慮也又恐北賊一旦潛謀分道深入各該關口兵力寡弱京城內外守衛未奉明旨處分所以臣等昨

臣具本擬票封進伏乞聖裁早賜示下以便遵守臣等在廷之臣又以提督朱泰素有謀略欲令本官前赴行在保護聖駕審度機宜振旅還京以慰中外臣民惓惓之望不勝慶幸均乞聖明留意

請速賜廻鑾省牲題本 正德十二年十一月二十二日

臣某等謹題爲速請廻鑾省牲以成大禮事今早該司禮監太監蕭敬等於左順門傳奉聖旨今特差太監張永魏彬張忠趙林齋帖傳與司禮監太監蕭敬等知道卽今尚有邊報未寧目下不得便行所有閏十二月初一日起照舊差官輪流省牲不誤大祀天地爾各衙門大小官員各要安心辦事該衙門知道欽此臣等竊惟人君之道莫大於敬天敬天之禮莫大於郊祀是以我祖宗列聖百五十餘年以來每遇郊祀必於前一月躬往省牲歲之首月卜日行禮所

以天心克享而天下久安仰惟皇上嗣祖宗列聖之統果能體祖宗列聖之心以事天則天之眷我皇上亦將無異於祖宗列聖之時矣今駐蹕關外久未廻鑾顧謂邊報未寧便欲差官先行輪看皇上爲天之子惟皇上得以祀天若聖駕先未省牲臣下決不敢先看況邊報縱有未寧自有各該鎮巡等官分任其責皇上但當專其委任明信賞罰則邊境自爾無虞豈可以是爲詞遂欲廢此百五十餘年盛典萬一天下臣民及各處宗藩有疑於此而具奏問故則將何說以應之此事係國家安危利害不小伏望皇上俯

從臣等所言收回新命卽日廻鑾躬往南郊省牲以
成大禮則人心安而天意悅宗社萬萬年無疆之慶
端在是矣臣等不勝懇切俟命之至

請駕還京疏 正德十二年十二月

臣某等謹題爲問安事伏自聖駕出關由宣大以至延綏跋涉數千里自秋初以至冬季經歷五六月上而聖母思慕之深下而臣民瞻戀之切皆謂京師根本重大居守無人宗廟神靈久失依歸宮闕宸居久虛幸御黻座不臨朝儀盡廢祖宗百五六十年來成規定制一旦蕩然雖臣子不敢言天下不敢議而遠近驚疑人心惶惑甚至室家妻女不相保持奔竄流移號泣道路陛下但知馳驟鞍馬縱情弋獵以取快於一時左右之人亦惟知曲爲順承先意迎合以圖

希恩固寵而豈知閭閻之下人情惶惶一至於此況邊塞蕭條氷雪寒沍公私窘乏供給不敷行在內外扈從人馬數多其中饑寒愁苦疾病呻吟千態萬狀豈能一一悉達於宸聽又況北虜屯牧黃河套內不下二三十萬自西而東一帶邊牆外無處無之日夜窺伺欲騁奸謀萬一墮彼計中智勇俱困將何以處凡此利害關係匪輕至於事體重大至切至急者又有郊祀一事明年郊天先該今歲臘月初一日躬往省牲若不促駕東歸成此省牲大禮以盡事天之敬恐各處宗藩及天下人紛然異議必不能免或來具

奏問故陛下將何說以解之臣等職叨輔導休戚相關此而不言死有餘責用是披瀝肝膽冒昧上陳伏惟陛下垂仁而熹納焉宗社生靈不勝慶幸

請停止無名賞賜揭帖 正德十二年十二月二十五日

本月二十三日該司禮監太監蕭敬等傳奉聖旨以皇上巡歷宣府大同等處地方憫念邊兵寒苦着戶部上緊處置銀一百萬兩委堂上官一員管領前去該鎮交收以備犒勞之用臣等竊惟沿邊將領士卒皆國家之臣子自其祖父以來世受朝廷厚恩官有俸祿軍有糧米冬衣布花并馬匹草料盔甲弓箭等項一皆給之於官今一旦恭遇聖駕巡邊凡防禦扈從皆其本等職分雖曰少効微勞孰敢希望賞賜況今各處地方水旱相仍民窮財盡府庫田野在在空

虛戶部見在各處解到折糧折草等項銀兩止湊得二十萬兩又查太倉銀庫正銀全無止有每年積下餘銀一十三萬兩二項共湊得三十三萬兩緣太倉餘銀原係備邊軍需之物該部見在折糧折草銀兩又係見該補給在京軍官夏季俸銀衆情懸懸日以盼望今已歷過秋季而夏季該關俸銀尙未得關支奈何奪此以與彼豈宜大邊兵宜加憫念而在京軍官獨不宜加念哉又該部欲開各處生員納銀入監之例緣前項事例非遇兵荒緊急事情不可輕易開行今以無名之賞妄開事例他日萬一或有如往年

流賊之變及去年白羊口北虜犯順之舉事出倉卒欲用糧草無從措辦又將設何方法以應急哉伏望皇上節用愛民停止無名之費收回前日傳奉旨意止令該部將太倉餘銀解赴見差侍郎鄭宗仁處交收准作該鎮正額糧草之用仍將該部見在銀兩照數補給軍官俸銀嚴勑該部今後不許妄開生員納銀入監事例以致阻壞選法尤望皇上重念祖宗創造之不易大內居守之無人朝廷政務日有萬幾不可一時而或忽即日迴鑾以安宗社天下臣民不勝至幸

重刻蔣文定公湘皐集卷之三終

一園俞當藹校字

湘皋集

卷四至六

重刻蔣文定公湘皋集卷之四

清湘後學俞廷舉重編

闔邑紳士　同刊

奏

請因虜寇出境嚴緊速駕還京題本正德十三年正月

臣某等謹題爲虜寇出境恭請廻鑾事伏見聖駕出關久駐邊境臣等翹首北望不勝懸懸近聞虜騎自大同城西擁衆入寇臣等私心不無過慮深恐萬一或有意外之虞寢食不安夜以繼日仰賴皇上威武大張將士効力賊遭挫衂盡數出塞且又斬有首級

并得獲生擒投降及逹官夷器等項伏望皇上乘此
地方安靖人心狄快之時卽日降旨振旅還京仍乞
特命各該將上多方哨探整搠人馬往來巡從加謹
防閑務俾廻鑾輦路一塵不驚萬全無恐則宗社生
靈皆永永有賴矣臣等不勝懇切俟命之至

請勿墮虜計中揭帖 正德十三年正月

伏惟皇上駐蹕陽和久未廻鑾今該大勢虜賊擁衆而來既以一枝劄營陽和後口窺伺行在欲謀入寇又分一枝搶虜陽和西南地方以阻延綏人馬東來救援又分一枝東至宣府各處地方其後面相繼而來者煙塵不絕蓋又不知幾千萬衆也虜賊壓境既如此其衆其爲計決非徃常刼掠牲畜暫來即去者比若思慮不審輕出與之接戰則卽墮虜奸計中他日雖悔亦無及矣遠則漢高祖被圍白登近則我英廟蒙塵土木皆可爲萬世之永鑒也伏望皇上以宗

社爲心切勿輕視此虜縱使虜賊三二十騎前來誘引亦勿親出與之對陣嚴督各該城堡官軍四面防禦瞭望分明探報的確若果虜賊離邊稍遠猝難折牆而入則請皇上輕騎入關嚴兵殿後勿再遲疑以蹈漢高祖及我英廟覆轍此誠宗社安危所係呼吸之間有存有亡誠不可不熟思也臣等輿言及此言與淚俱伏惟聖明俯鑒愚忠留神聽納宗社生靈不勝慶幸

請停止巡幸各處揭帖 正德十三年正月二十日

舊歲駕在關外中外人心日夕憂懼者將及半年迺日伏睹廻鑾躬行郊祀慶成大禮人心始幸稍安臣等驚魂甫定不意數日以來道路藉藉皆以為聖駕且將復出臣等已竊疑之今日早伏蒙命臣等於奉天門徧觀大同等處所獲夷器又於文華門外賜臣等花紅銀牌拜稽之餘尤不勝憂汗竊窺聖意於征剿虜寇擒捕盜賊之事無日不上軫宸衷故特以此夷器徧示羣臣蓋不獨欲顯前日之功且將欲收後來之功則道路相傳其言未為無所自也今各處災

傷重大所在人民十分艱窘聖駕所過之地糧料草束供億浩繁辦納不前人思逃竄意外之患難保必無況儲副未建京師無人居守輦轂之下尤為可慮伏望皇上念祖業之艱難思民生之困苦安居九重留神政務明降詔旨以釋羣疑仍收回前項所賜臣等花紅銀牌以待他日之有功者則遠近之人必舉無不安臣等拜賜勝於前項無功之賞萬萬矣臣等無任忠懇俟命之至

進繳勑諭題本 正德十三年

臣某等謹題爲進繳勑諭事。去年七月，聖駕出京，頒賜內閣勑諭一道，臣等心實不安，每日遇有發下在京在外各該大小衙門題奏事理，只是遵依舊規照常擬票封進。今幸迴鑾，已曾二次具本將原奉勑諭進繳，節奉欽依乃有朕今不時巡狩之旨，臣等相顧駭愕，不知所爲。伏望皇上思祖宗創造之艱難，念小民供應之不易，安居尊位，不事巡遊，仍容臣等進繳前項勑諭，照舊供職，臣等幸甚，天下幸甚。

請自今以後不事巡遊仍乞於至親宗派中迎
取倫序年行相應者一人來京司香題本正德十三年

伏惟皇上愼重郊禋馳歸成禮上有以慰天地宗廟
之心中有以慰聖母太后之心下有以慰中外臣民
之心宗社生靈曷勝慶幸臣等職叨輔導受恩最深
久違天顏今幸瞻仰欣戴踴躍倍萬恒情自今以後
伏望端居九重以臨天下內外文武衙門政務各責
之所司其調來各處邊軍量給賞賚遣還本鎮操守
隨侍將官令該部查議量其才能在內則坐府坐營

在外則總副叅遊各項推用仍乞詔諭天下明言自今以後不事巡遊各該內外官員務要奉公守法共享太平之福如此則天下臣民舉無不安矣然臣等區區犬馬愚誠尤慮皇上一日萬幾晨昏內殿司香或未能躬親其事尤望斷自聖心上請於聖母太后特於至親宗派中照依倫序欽定年行相應者一人差官迎取至京俾之司香以待元子誕生然後出封藩服則天心順而人心安宗社萬萬年無疆之慶端在是矣伏惟聖明留意

懇辭恩命奏 正德十三年七月初七日

臣冕謹奏爲懇辭恩命事臣聞明主愛一嚬一笑嚬有爲嚬笑有爲笑不可不愼也况乎賞廕之典國家所以待有功者又豈可以泛及哉臣待罪內閣尸位素餐出入禁垣足不履邊塞苦寒之地討論文墨身不任戎馬馳驟之勞雖皇仁遍及班行在臣子豈無分限錫賚既兼乎銀幣武廕又及於子孫非分之榮踰涯之賜詎宜幸會叨此誤恩臣臥病家居聞命震恐已嘗具疏辭免未獲俯奉俞音伏枕以思益增悚汗臣職慚輔導憂切曠瘝心旣不能以自安義實不

容於冒受用是不避再瀆干犯威嚴伏望聖明俯賜
矜允收回成命以待有功使臣得以少安愚分暫養
病軀庶朝廷無僭賞之失而愚臣亦免貪冒之愆矣
臣不勝惶恐迫切之至

自陳衰病乞休奏正德十三年七月十二日

臣冕謹奏爲自陳衰病乞恩休致事臣聞古君子之事君也一日居乎其官則一日盡乎其職一日不能盡乎其職則不敢一日居乎其官臣自今年五月初一日感冒風邪得患傷寒病證塡註門籍在家調理今已兩月餘矣足不履禁密之地耳不聞機務之言深居房帷安卧床第視世道之隆替民生之休戚如秦人視越人之肥瘠漠然不加喜戚於其心顧乃飽食厚祿恬然自如是豈古君子事君之義哉況臣才質庸劣學術荒疎平日旣素無匡持之能病卧又豈

有振奮之理伏枕思之慚汗無地心愈憂而身愈病病益困而憂益深實不知所以自處伏望聖慈察臣衷誠憫臣衰病放歸田里以保殘生則猶可以竊知止之名而免妨賢之誚也臣不勝懇切仰望祈恩俟命之至

請追寢巡幸手勅旨意以安人心奏正德十三年七月十六日

臣冕謹奏爲追寢成命以釋羣疑以安宗社事臣備員內閣尸素無能恭聞聖駕出京已至關外大小百職罔不憂勤臣獨家居卧病三月久妨賢路有誤陛下軍國機務罪不容誅竊惟內閣之職其大者在代王言一應手勅旨意俱該撰擬進呈然後行出在外此係祖宗舊制近該兵部節奉手勅總督軍務威武大將軍總兵官朱壽特加公爵俸祿欽此又該戶部節奉聖旨近年已來虜酋犯順屢害地方其遼東宣

府大同延綏陝西寧夏甘州肅州尤爲要甚今特命總督軍務威武大將軍總兵官朱壽統率六軍隨帶人馬便着寫各地方制勅與他使其必掃腥羶靜安民物至於河南山東山西南北兩直隸儻有鼠竊殘寇亦各給與勅書使其隨分該路人馬剪削欽此此皆事出非常不但我祖宗百五六十年來所未嘗有傳聞遠近孰不驚疑而皆徑自內批不關內閣命下之後諫者盈廷虎豹九關言益齟齬手勅初出內閣諸臣雖嘗率臣連疏力陳不可積誠未至天聽莫回旨意繼傳臣不獲聞逮臣聞之未及敷陳而聖駕已

曰諫諫自抑中外臣子孰敢曲從鼎鑊在前亦不奉
詔至於各邊夷患遼東西極甘肅綿亘數千餘里切
臨諸夷之境虜寇往劄乃其常事山東山西河南及
南北直隸俱係內地間有盜賊生發蓋由差役繁重
饑寒迫切所致其防禦剿捕自有各該鎮守巡撫等
官分任其責陛下但當申明號令嚴加戒飭有功者
必賞有罪者必刑自然將士用命威武奮揚守令得
人農桑樂業何憂乎醜虜何慮乎盜賊亦豈必親御
戎馬徧歷四方而後爲快若但假以征虜除盜爲名
而欲周流天下惟務嬉遊不卹政事則自周穆王而

出今又數已浹旬延頸北睇無策可施夙夜憂惶措身無地伏惟陛下受天明命嗣承祖宗列聖鴻業爲天地神人之主内而中國外而四夷孰不尊稱陛下爲皇帝譬如稱天爲天稱日爲日此乃本等稱呼誰敢不稱皇帝而稱威武大將軍陛下御名命於先帝祭告天地宗廟社稷詔諭天下昭如日星衆所共睹又誰敢擅稱朱壽號爲總兵官公爵比之侯伯雖尊若比追封異姓郡王又下一等其視宗室郡王上至親王等級尤爲懸絶何况天子又誰敢輒以天子之尊下封公爵此固天地之常經古今之通義陛下雖

下秦隋之君殷鑒具存萬世永戒臣又何忍陛下蹈其覆轍然此皆專事巡遊非爲國爲民者若我英廟出塞征虜則誠爲國爲民剿除邊患非專巡遊也然虜未及征已有土木之變當時羣臣非不力諫阨於奸臣竟莫能止卒至生靈塗炭國勢危疑彼奸臣者初亦何嘗期於如此哉特以家在邊境欲邀駕往幸其家以爲鄉邦之榮故凡羣臣勸留聖駕不必親征者一切不聽豈知六飛北狩之後彼卽身膏草野宗族誅夷其禍若是之烈也使彼知前日羣臣之諫爲忠而力勸先朝欣然嘉納停止親征斷然不行則英

廟何至有北狩之事而彼身家之禍亦豈至有如前所云者哉方無事之時雖有忠言常不見聽及至勢危事廹雖知忠言而欲聽之又已無及於事自古及今往往皆然所以英廟既留居虜庭嘗與臣下追論其事亦曰朕為奸臣所誤悔之莫及陛下天性英邁洞察古今於英廟北狩之事非不能知但恐左右之臣不肯詳為陛下言耳陛下舊歲久廵關外往來土木者已非一次使聞英廟北狩之事其始末如此必將惕然悔悟久矣何至今日又行之勑旨必欲征虜除盜足跡半天下哉今各處水旱相仍人民貧窘公

私蓄積所在空虛一聞聖駕將臨各欲預備進獻及供給軍馬之費不免嚴刑峻罰强取於民加以扈從邊卒所過之處子女財帛恣意取之莫敢誰何先聲所至人皆奔走逃匿惟恐或後警蹕不待傳呼於其境而人心先已洶洶不靖竊恐巡遊無幾而各處固已紛紛擾擾不勝多事陛下雖欲與邊庭將卒馳驅鞍馬任意而往豈可得哉且邊庭將卒之事陛下豈必人人皆如孝子順孫其始也不過獻諂希恩是以一切所行事無是非順之如流言無可否應之如響陛下但喜其適情快意豈計其致患召災勢旣至此

彼亦未必不知非善後之策特業已爲之又幸其可以常常僥冒日且一日未必遽有他虞故寧一意順承畧無違阻以苟目前之安儻或意外之變一旦出於倉卒之間智者不暇爲謀勇者不暇効力彼亦將付之無可奈何而已陛下腹心親信之臣下至環衛侍從之衆其間豈無忠肝義膽懷愛君憂國之心其智識亦或有及於此者顧思又慮欲進忠謀未及盡言已罹踈斥甚則首領不保者亦間有之以故近臣人人自危不敢違忤非不慮他日累及身家且先欲求免今日違忤之罪如此而欲巡遊天下望其安然

無事常如在禁御之內郊甸之中臣恐其未易也況所至之處醜虜乘間內侵姦究伺隙竊發羌夷轂下敵國舟中事變之來難以逆料又有臣所不忍盡言者言而至此寧不凜然寒心也哉臣又竊念陛下去年始出近郊繼至遠郊皆不久即歸輕騎往來惟恐人知猶有守祖訓畏公議之心後至關外初因郊祀歸詣奔太皇太后之喪星夜馳歸發於一念敬天尊祖純誠至孝是以郊祀之夕天心悅豫月星輝朗几筵數旬衰麻哭踊人心感動近者太皇太后神主祔廟禮行之初雨雹暴至傳制冊封鐘鳴之時風雨大

作天與祖宗之意昭然可見陛下猶不覺悟乃降勅傳旨信意而行祖訓不暇遵人言不暇顧天變於上而不遑畏民怨於下而不遑恤不知陛下何所樂而爲此也又不知左右之臣誰爲陛下畫此不顧利害之謀也今連日清晨天色陰晦有如昏夜象緯氛祲皆異常時天心仁愛於此尤篤陛下其可眞以天變爲不足畏哉陛下以天縱非常之聖在廷羣臣乃不能致今日於唐虞三代視漢唐宋以下顧猶有所弗逮焉臣竊恥之故雖病困臥家職慚輔導事關國家大計義不容默用是忘其愚陋昧死上言陛下試以

臣言驗之前代本朝參之人情天意則判皆曉然莫逃於聖鑒矣幸今鑾始出關離京未遠前項手勅旨意傳出未久猶可反汗不行竊謂國祚隆替宗社安危天命人心之去就離合其幾皆決於此由此而上可治可安由此而下可亂可危特在聖心一轉移之間耳伏望陛下斷自淵衷即日旋蹕停止各處巡幸斷然不行追寢前項手勅旨意以安人心宗社生靈不勝慶幸如聖意旣定堅莫能回而以臣言爲無足取則乞將臣削奪官職誅殛貶竄以正誤國之罪以謝天下臣忠憤所發言詞過激冒犯天威無任隕越

戰慄待罪俟命之至

久病懇乞休致奏 正德十三年八月十三日

臣冕謹奏爲久病不能供職懇乞休致事臣自揣非才素無榮望伏蒙皇上簡置內閣以來夙夜兢兢恐遂顛躓非不欲勉策疲駑圖報萬分之一疾疢侵凌不容牽强自舊冬以至今春上則痰火夜攻頭目眩暈下則腸胃虛滑洞泄無時又右臂麻木時或不能屈伸一觸風寒便覺疼痛勉强供事遷延至夏暑濕薰蒸舊恙復作加之闔門老稚病患相繼死者數人外感內傷形神俱耗年衰力弱發汗過多氣息奄奄薾然待盡仰荷聖恩特遣太醫院官診視隨命內臣

頒賜酒肉蔬米等物臣伏枕聞命無地自容具本乞休未蒙俞允見今在家調理已經七十餘日藥雖累服病未脫體精神困憊飲食減少兩膝無力行步艱難前月恭遇孝貞太后梓宮發引祔主還京祔廟臣皆不能隨班行禮近日恭遇聖駕巡邊先期百官集議於左順門臨期百官奉送於東華門臣又不能隨衆効力至於書命播告曾無一語軍國機務皆不與聞乃徒月糜厚廪時叨横賜顧與在閣勤勞任事之臣無一不同捫心內顧不能頃刻以自安也今四方多事朝廷之上百司庶府小大臣工孰不夙夜在公

各勤乃職況於文淵閣之重地大學士之親臣朝野具瞻政本攸繫而乃在告累旬久曠厥職諄諄謝病數數丐歸夫豈臣之本心哉蓋陳力就列不能者止勢誠有所不容已也伏望皇上憫臣抱痾之久察臣求退之誠曲賜保全特垂矜允別求賢俊俾贊機衡才者進而孱者退壯者用而病者休則國家無妨賢之患臣子無竊祿之譏其於治道未必無所補也臣不勝懇切祈恩俟命之至

乞將該決重囚俱且監着題本正德十三年十一月

臣某等謹題爲處決重囚事近該司禮監官傳諭聖意欲將今年該決重囚曾經刑部三覆奏者俱押赴市曹示將處決以警兇惡之徒隨卽傳旨取回仍送各該原問衙門照舊監禁此固皇上用刑警衆而又愼重人命不輕殺戮之意但臣等竊謂聖駕旣遠臨邊境凡齎去一應題奏事理往返動經旬月然後得旨批出行下所司今乃不出半日之內槩將該決重囚方欲處決隨卽取回則人心孰不驚疑以爲是何衙門頃刻之間便從何處得奉旨意如此之速不知

將何辭以解之況重囚臨刑其親屬有擊鼓訴冤者直鼓給事中於校尉手上批字走赴市曹暫免行刑具本連鼓狀封進候旨裁決或殺或留皆在臨時有難預處此係祖宗舊制累朝遵行孰敢輕變所以臣等前日擬票欲將各項該決重囚俱且監着留待明年秋後審錄畢日照舊三覆具奏依律處決伏望仍依原票批出庶事體允當人心不至驚疑而於祖宗立法之意朝廷欽恤之仁亦兩全矣伏惟聖明鑒納

請奏揭不必稱欽差總督軍務威武大將軍總
兵官鎮國公朱壽字樣揭帖 正德十四年二月初七日

該司禮監發下整理兵馬糧草等項侍郎馮清奏到
揭二本臣等仰惟皇上親統六師指授將士在於陝
西寧夏延綏各邊及蘇州等處地方斬獲賊級數多
聖武布昭虜賊速遁禮宜宣捷殿廷隨征將士亦宜
論功行賞但馮清本内俱開有欽差總督軍務威武
大將軍總兵官鎮國公朱壽字樣委於事體有礙無
以傳示天下垂法後世臣等未敢輕易擬旨伏望皇
上將前項題本不必批出仍令馮清另行具奏止是

明言仰遵成算致有此提庶幾名正言順人必不至驚疑矣所有前項題本謹隨揭帖封進伏乞聖明鑒納

請停止鎮國公太師稱號不從泰安州等處題本正德十四年二月二十二日

臣某等謹題爲正事體以安人心事近該吏禮工等部各節該傳奉勅旨鎮國公朱壽加太師前往南北直隸山東泰安州等處公幹南行巡狩着上緊修艙黄船并馬快船隻欽此臣等一聞此旨相顧失色不知陛下天縱聖明何故有此舉措天子之尊豈可降而封公又豈可降爲太師公雖爵先侯伯太師品雖正一皆人臣耳天子豈宜輕自貶損下同人臣天冠地履倒行逆施自開闢以來簡冊所載俱未之前聞

臣下孰敢曲爲阿順以自取罪戾至於泰山特五嶽之一古禮惟諸侯主祭今制郊壇分獻亦惟命官行禮非天子所宜祀也使其有神豈肯享此非禮之祀今欲遵奉神像供獻香帛必不得已止可遣官不宜親往陛下但肯端居大内自能祈福安民若乃千乘萬騎所過騷然福未能祈民已不安甚矣今四方兵荒相仍民窮財盡加以國用窘急科派日增閭里蕭條人民愁歎而山東章邱等縣及南直隸淮揚蘇松等府去年大水爲患從來所無至今地方十分狼狽一聞巡幸遠近驚疑平日本等額糧已是辦納不前

若又派增錢糧以備供應扈從人馬將何以處又國家建都幽燕北控胡虜轉輸東南財賦以給西北兵馬乃能保守京城今欲多用黄船并馬快船隻太兇壅塞河道阻滯運船東南財賦必不能至凡一應上供及宮中百需與夫百官六軍歲用取於何處取給南方客貨舟經運河聞風畏沮一切不來京城軍民何以度日凡此數事皆關係國家安危若不斷自聖心改絃易轍則天下禍變或將從此而起他日陛下雖欲追悔亦恐無及於事矣此臣等所以日夜痛心流涕而不能已於言也伏望聖明俯垂嘉納亟將鑾

國公太師等項名號通行停革仍詔諭中外停止廵
幸斷然不行則事體正而人心安矣臣等下情不勝
惓惓忠懇之至

重刻蔣文定公湘皋集卷之四終

一圖俞當巋校字

重刻蔣文定公湘皐集卷之五

清湘後學俞廷舉重編

闔邑紳士　同刊

奏

乞宥郎中黄鞏等題本　正德十四年三月二十一日

臣某等謹題爲宥狂直以彰聖德事昨日該兵部等衙門郎中等官黄鞏等六員并孫鳳等一百一十二員或拏送鎮撫司或拏跪午門前臣等看得各官恭遇聖體違和正當問安之時却乃不識事體出位妄言其罪固不能逭但原其本心實亦無他况各部文

書係該各司分管今各司官屬既盡數跪朝繫獄其
堂上官員豈能自分辦理一應政務未免阻滯不行
伏望皇上體天地之涵容矜各官之狂戇曲賜寬宥
以彰聖德臣等不勝懇切仰望之至

陳情乞休奏正德十四年四月十二日

臣冕謹奏爲陳情乞恩休致事臣生長遠方才識庸陋謏膺簡拔叨竊踰涯義當展盡尺寸忘軀徇國豈應輕爲去就奈何蒲柳弱質百疾交攻去年夏秋間卧病在家經三月餘兩疏乞休未蒙俞允力疾供事歷冬而春勉强支撑僅免顛仆近者痰氣陡作頭目眩暈動輒移時夜卧屢驚盜汗遍體腿膝酸軟行步艱難雖每日趨朝藥餌常不離口今卧家僅爾數日神氣已甚薾然他人不知臣實自覺恐於人世或不能久况敢靦顔班列之間蓋官高祿厚而忠報則微

故福過災生而陰譴莫贖若不力求休退必將自速
憂虞用是俯瀝血誠仰干洪造伏望皇上察臣衷情
實非矯僞憫臣衰體曲賜保全使得退伏故廬苟安
愚分臣雖死之日猶生之年陛下天地生成之仁尙
何時而能忘也臣不勝懇切仰望之至

乞放歸養病奏 正德十四年五月初十日

臣冕謹奏為感謝天恩乞賜矜憫歸養病軀事伏念
臣以庸劣遭際盛時早塵侍從之聯歷踐清華之任
簡居內閣俾與政機尋沐誤恩驟加宮傅躐處彝賢
之右叨隨三少之班在於孤蹤獲此殊遇心口相語
慚汗靡寧誓殫一飯不忘之忠用畢九死莫移之志
夙夜黽勉徒奮勵之不遑材質拘攣何謀猷之足取
力陳愚悃乞返故廬期得謝以讓賢方闔門而待罪
仰承溫旨俯賜慰留仍命內臣到臣私第賜以尚方
之白粲重以大官之珍羞雖愚陋之無知豈忘感激

苟疲駑之可策敢避捐糜第以枯朽之資不堪委寄之重寵與憂而並至哀與病以交侵心甚急於趨朝足尙艱於行路困卧牀枕披瀝肺肝載伸懇悃之誠敢避黷煩之責伏望皇上少垂淵鑒曲軫殘生亟推從欲之仁俾遂乞骸之願儻得棲身畎畒全三尺之病軀尙當擊壤康衢祝萬年之聖壽臣無任激切哀祈之至

乞勅諭內免寫親征揭帖 正德十四年七月　日

今日早該司禮監官發下南京內外守備等官太監黃偉等勅稿各改有朕當統率六師親征等語臣等竊慮皇上此意彼若先知必將益得自為奸謀朝廷所行正是墮彼計中不知只說先遣張忠朱泰朱暉等前去庶為穩便所有前項各該勅稿伏望聖明俯從原擬發行臣等幸甚天下幸甚

乞將兵部會奏亟發以釋群疑揭帖正德十四年 月

江西寧府事情干係重大外間因見兵部會奏本遲疑不發風聞遠近不能無疑皆謂聖駕自欲親征臣等聞之固不敢信但道路流傳其言可畏若果親征不惟江西一方可憂天下四方尤將大有可憂者竊恐聖駕一出江西未必可到而他處禍變且將紛然蜂起或起於盜賊或起於夷虜或又起於宗藩意外之患安保必無顧此失彼應接不暇況京師根本空虛無人居守南北江山阻隔奏報艱難人心一失不可復收國事一去不可復救縱有猛將勁卒畢無所

用萬一事勢至此不知皇上果將何以處之臣等豈可知而不言以誤國家大計伏望聖明亟賜宸斷將兵部會奏事理即目批旨發出以釋羣疑宗社生靈不勝慶幸

乞免親征揭帖 正德十四年七月十三日

臣等切見江西事情干係重大前日發下兵部會奏一本臣等再三看詳見其計慮周悉若如所擬必不誤事今者道路傳說聖駕欲往親征臣等聞之不勝驚懼誠恐聖駕一出京城無人居守人心未免驚疑中原盜賊所在蜂起胡虜聞之深入爲寇命令無所稟承章疏不能通達不知何以爲處況寧府懷奸稔惡已非一日特以朝廷待之素厚兵端無自而起前聞聖駕南巡之旨其心已自不能無疑今又聞聖駕親征自謂罪在不赦必將借此爲詞不量逆順聚集

黨惡抗拒王師一則欲脱罪求生一則欲覬覦非分
意外之患尤有不可測者伏望皇上俯鑒臣等一得
之愚深惟宗社萬年之計照依兵部會奏事理即日
簡命將臣前去行事如此處置決可保無他患臣等
不勝懇切祈請之至

請免親征題本 正德十四年八月十九日

臣某等謹題爲彰聖功以安宗社事伏惟陛下親統六師往正宸濠之罪指授纔出於尚方聖武已昭於天下安慶既平九江又復都御史王守仁仰遵廟算擒獲宸濠於樵舍驛奏雖未到而遠近道路歡然相傳萬口一詞皆謂聖德神功度越千古兵不血刃海宇奠安祖宗神靈所共欣喜伏望陛下俯鑒輿情特勅王守仁亟將宸濠牢置檻車交與提督總兵等官押解來京陛下端居高拱坐而受之獻於太廟詔諭萬方論功行賞亦何必六飛遠出衝冒風露跋涉江

湖然後爲快也伏惟聖明留神嘉納宗社生靈不勝

慶幸

扈從至臨清乞隨便治病奏正德十四年九月十二日

臣冕謹奏爲乞恩暫容調理事臣隨侍聖駕南征行至臨清於本月十一日晚偶感風寒頭目眩暈手足酸軟近日以來加以虛火上攻痰氣喘急腸胃洞滑瀉痢無時飲食日減動履甚艱臣之病軀實難勉強伏望皇上俯垂矜察容臣在途暫且隨便調理候痊可之日照常隨侍臣不勝感戴天恩之至

在徐州開具合行事件揭帖 正德十四年十一月初八日

臣等叨居扈從之末謹以合行事件逐一開具上聞

伏望皇上采而行之宗社生靈不勝慶幸

一大祀天地在明年正月十五日以前前年十二月駕在宣府連夜馳歸以去年正月初七日廻

鑾十一日方能成禮今去京師既遠乞先期廻

鑾庶幾郊祀之期不至有誤

一天下朝覲官員吏部都察院會同考察雖自正月初一日起然各項奏請皆在十二月以前月日各有定期此係祖宗舊制不可改移

一禮部會試天下舉人其入場考試例在二月初九日其一應當行奏請事件皆在正月此亦祖宗定制不可改移

一都御史王守仁九月十二日自江西親解寧賊前來已具本題知仍牌行沿途軍衛有司驛遞巡司閘壩等衙門亘抵會同館聖駕所至遇其到日即宜受其所獻俘馘歸而論功行賞以彰聖武不拘軍行遠近孰非朝廷之功

一王守仁七月二十六日大戰鄱陽湖擒獲宸濠南北遠近人誰不知今又押解北來亘前不顧

縱有微罪亦須旋蹕之日差官查勘明白以定功過不宜在途輕易施行

一自濟寧以南新羅水患廬舍貲産蕩析流離麥壠穀田瀦爲湖沼舟楫所過觸目傷心戎馬經行淖深没膝且馬無草料供辦不敷甚至撤盖屋之茅以飼馬沛徐以南其苦尤甚蘇常松湖等地近日水猶未退米價騰踴數倍平時凡此皆宜令各該衙門悉以上聞預爲議處庶幾民瘼無隱早有旋蹕之期

一大水新退濕氣蒸人所經過易於染患況西北

之人遠來此地不服水土當此蒸濕之後疾疫易生尤宜預慮不可不慎

論郊禮不可行於留都舊壇題本 正德十四年十二月十一

臣某等謹題今月初十日該司禮監官傳諭聖意以明年郊天日期既近謂欲暫於南京行禮命臣等詳議可否臣等竊惟國家大事莫大於郊祀之禮是以古昔帝王與我祖宗列聖莫不致慎於斯仰惟皇上奉天明命而爲天子居古昔帝王與我祖宗列聖之位不可不體古昔帝王與我祖宗列聖敬天之心今欲輕易移郊於南稽之古典祭之今制揆之事體度之人心皆所未安臣等雖愚死亦不敢奉詔所有鄙見數條開列於後伏望皇上俯垂采納停止前議早

賜廻鑾以成大禮使天下後世無得而議宗社生靈不勝慶幸

一我太祖高皇帝每遇郊祀大禮前期已行愼重臨事尤加敬謹聖言諄諄備載祖訓諸書列聖相承守而勿失至我太宗文皇帝臨御之日雖因國有大事不得已親征廵狩及至郊期將近隨卽先事廻鑾未嘗廢禮今日尤當遵守

一我考宗敬皇帝嘗因聖體違和未能出朝不得已暫改郊祀日期然聖心兢兢甚不自安每語近侍羣臣以此爲歉及至聖體康復躬成大禮

然後聖心始寧在於今日尤所當法

一南京郊壇配位洪武時止有仁祖一位永樂初方增太祖一位自遷都已後京師郊壇止以太祖太宗並配今若欲於南京舊壇行禮既不可除去仁祖配位又不可擅設太宗配位若此事體至重至大臣等尤不敢妄議

一古者國君遷都然後移祀天地此皆事非得已今若移郊南京似與古人遷都之舉無異竊恐涉於不祥未可輕議

一凡郊禮以敬爲主其犧牲幣帛等項皆須預養

素辦嚴謹省視不然不敢行禮今若倉猝措置取具一時鹵莽苟簡徒爲褻瀆其爲不敬孰大於此如此而欲天心克享錫福降祥於天下未之有也臣等豈敢阿諛苟從以遠天譴

一燔柴用特取其馨香上達其所用特牛并所祀牛犢古人皆謂之帝牛以其祀昊天上帝也凡帝牛若至臨祀之時卜而不吉或有死傷等項不敢輒代以他牛必取在滌過三月者然後用之謂之滌者牢中清除之所蓋以精潔爲義肆我祖宗百五十年來一應大祀特牛犢牛皆先

期畜養務令肥腯潔淨深合古人制禮之意其他犧牲俱如此類今若不然何以盡事天之敬小大臣工孰敢輕議

一國家郊廟之禮皆我太祖高皇帝與當時在廷文武大臣及諸儒臣禮官考古證今原情定議斟酌損益盡善盡美行之萬世而不可易者祖訓國法昭然具在內外文武之臣孰無身家誰敢倡爲新說以變舊章伏望皇上俯從臣等愚言使臣等上不得罪於天地祖宗下不得罪於天下後世臣等幸甚宗社幸甚

一我祖宗凡有祭祀皆於未祭之先七日戒三日齋當此齋戒之際大小衙門並不許奏刑名以其有徒流斬絞等項字面也不許奏喪葬以其有薨逝死亡等項字面也况兵戎刑之大者而郊又祀禮之至大至重者乎今出兵討罪未及班師乃欲因便而行郊祀之禮求之祖宗之制未見其有合也擅更成法孰任其咎

請停止南京郊祀題本（正德十四年十二月十三日）

臣某等謹題連日該司禮監太監魏彬等傳諭聖意謂欲暫於南京郊祀舊壇增減配位以便行禮臣等聞命兢惕莫知所爲竊惟自古帝王郊祀天地而以祖宗配享以盡報本反始之道皆天地之常經古今之通義未有輙以己意擅爲增減者也我朝郊祀之禮初都於南而奉仁祖以爲配繼都於北而奉太祖太宗以並配舊壇配位則有一祖太祖京壇配位則有太祖太宗仁祖配位既不可奉遷而北太宗配位又不可奉移而南今日一時倉猝欲行郊禮不知於

我二祖一宗果將何以奉配天地臣等反覆思之決然知其不可況二祖一宗配享之初既博考於聖經又詳集乎廷議既詔諭於宗藩又詔諭於天下不知今日欲爲此舉亦能如祖宗之時從容廷議詔諭否乎此臣等所以始終決然以爲不可也伏望皇上俯納臣等先後所言停止前議早賜廻鑾恪遵舊制躬成大禮以奉答天地之心以慰祖宗在天之靈宗社生靈不勝慶幸

論南京郊壇不可妄議大祀題本 正德十四年十二月日

臣某等謹題連日該司禮監官傳諭聖意欲晉於南京郊祀天地繼而以我祖宗配位南北不同又欲討議增減以便行禮臣等雖累嘗極言不可誠意未孚莫回天聽輒敢再以上聞竊惟天地眷佑陛下嗣承祖宗之天下父天母地而爲天子故必郊祀天地以報天地之恩陛下今日之天下皆由於祖宗之功德故又必尊崇祖宗配享天地以報祖宗之恩陛下仁孝誠敬之心將上達於天地祖宗所以爲國延祚爲民祈福皆在此郊祀一舉今祖宗配位既是南北不

同固非一時倉猝所敢遷移又非臣等一二儒生所敢議處則陛下雖有仁孝誠敬之心又安能上達於天地祖宗也哉況天地祖宗眷顧陛下於冥冥之中方且有隆無替則天地祖宗之心與陛下之心未嘗不流通也今郊期既邇又安知天地祖宗之心不朝夕懸望陛下星夜廻鑾躬成大禮哉伏望陛下俯納愚言遵行舊制則不惟有以上慰天地祖宗之心而陛下之心亦無不安者矣臣等不勝惓惓祈望之至

請令劉銳改送内閣誥勅題本正德十四年月日

臣某等謹題爲誥勅事照得在京在外文職官員應得誥命勅命該臣等通行掌管又有尚書兼學士李遜學專一管理但其間查對手本創寫草稿開具揭帖等項俱係翰林院編修潘辰獨任其事本官先因大學士徐溥等具本奏保欽蒙除授本院待詔歷陞典籍博士以至今官其文學老成操履端愼既爲輿論所推且能勤於職業不少懈怠又爲臣等素所委用但今年過七十累疏求退未蒙俞允儻一旦得請而去後來繼之者或非其人未免誤事臣等亦不能

辭責今訪得尚寶司司丞劉鈗性資安靜學行勤謹曾在衙効勞辦事有勞無過堪以繼理前事合無勅吏部將潘辰量擬陞職以酬其勞仍令照舊辦事并將劉鈗取送內閣誥勅房與同潘辰習學管理庶幾委用得人事無稽誤未敢擅便謹題請旨

請保養聖躬不必延訪草澤揭帖 正德十四年 月 日

伏自聖體違和以來半月間未得瞻奉天顏臣等犬馬之誠殊切瞻慕今日該司禮監官傳諭聖意欲令臣等擬旨命該衙門多方延訪官員軍民人等能通醫藥者具名以聞臣等竊惟凡疾病之作必由起居之不時飲食之失節所致是以保身之術調攝爲上醫藥次之今聖體初愈未全復常倘或保護欠至小有觸目則雖有醫藥亦難爲力伏願皇上順適起居必體晝動夜靜之理毋使勞逸之失宜調節飲膳必思淡薄滋味之益毋使甘腴之太過機務之來有關

繫重大者取自聖裁而凡不急之務無益之作與夫一切玩好有可以惑亂聰明傷損元氣者皆不使其少干宸慮自然萬福駢臻早遂康泰况祖宗設立專官自有太醫院但當選擇而信用之其所進藥餌服之亦自奏功又何待多方延訪於外以驚疑天下之人心哉臣等不勝惓惓至願

乞押解宸濠到南京即日班師題本（正德十五年正月初二日）

今日早該司禮監太監魏彬温祥等傳諭聖意以太監張永等押解宸濠到日作何處置臣等伏望皇上照依宣德年間親征漢庶人事例罪人既得即日班師止命左右近臣宣諭上意不容進見待六師還京祭告天地宗廟仍命多官及各處王府議罪詔告天下以安人心則事體順而國法正矣伏惟聖明採納

乞命將士預整歸裝待押解宸濠到隨卽班師

奏　正德十五年正月十六日

臣某等謹題前月該欽天監奏今年大祀天地日期已奉旨另擇二月上旬見今正月已過大半伏望皇上亟命將士促整歸裝待太監張永等押解宸濠等到日隨卽班師星夜馳歸庶幾不誤二月上旬郊祀行禮伏惟聖明留意

重刻蔣文定公湘皐集卷之五終

重刻蔣文定公湘皐集卷之六

清湘後學俞廷舉重編
闔邑紳士　同刊

奏

乞遵舊制廷試仍乞郊祀在前奏 正德十五年正月日

臣某等看得正德十五年三月十五日例該廷試進士是日早皇上臨軒親賜策問十七日文華殿讀卷御筆親批一甲三名次第十八日傳臚放榜凡此皆係皇上躬行累朝定制不可改易必須郊祀在前斯盡朝廷事天之敬庶不廢祖宗大禮亦以免天下後

世之譏伏惟聖明留意

請趂天氣未甚炎暑旋蹕奏 正德十五年四月初六日

臣某等伏見今年郊祀大禮初俟有旨選擇二月上旬繼又有旨欲於三月內舉行今已無及矣目下四月又將一旬不及此時速賜迴鑾以成大禮則何以釋天下之疑以上慰天地祖宗之心哉況南土卑濕立夏以後暑氣異常梅子黃時雨常不斷濕熱薰蒸易爲感疾聖體生長北方乍來此地恐難久處尤不可不慎伏惟聖明留神嘉納以延宗社億萬年無疆之祚天下生靈不勝慶幸

乞因重囚反獄亟處逆賊題本 正德十五年四月 日

臣某等謹題今月初四日三更時分該南京錦衣衛重囚反獄隨該應捕衙門人員四散跟尋緝拿至今未獲臣等看得前項囚犯俱係牢固枷杻鎖鐐在監尚且一時脫逃出外況今江西反賊宸濠并各該黨逆重刑人犯船泊江上加以子女財帛舳艫相銜無不滿載其逆黨奸細尚多豈無藏蹤匿跡往來窺伺而欲潛蓄異圖者使彼賊徒聞有今日反獄之舉萬一因風縱火乘機劫奪倉猝之間雖有强兵無可致力則皇上此來櫛風沐雨涉江越湖徒勞無益將藉

手而歸上以祭告郊廟下以詔諭臣民哉伏望皇上
先事預處以消未形之患庶幾無貽後悔臣等職惠
扈從偶有所見不敢緘默伏惟聖明采納

恭請廻鑾郊祀升祔殿試并亟處逆賊等項揭帖正德十五年五月初一日

臣等看得今日之事有當深慮及宜亟行速處者謹畫一開具伏望皇上俯納愚言亟賜施行卽日旋蹕以安天下宗社生靈不勝慶幸

一反賊宸濠并各該黨逆重刑人犯及子女財帛船隻俱灣泊江上日久其未獲逆黨奸細尚多豈無藏踪匿跡往來窺伺而欲潛蓄異圖者況當此夏月多有暴風萬一賊徒因風縱火乘機劫奪倉猝之間雖有强兵無可致力悔之何及

意外他患難保必無言之可爲寒心不宜玩忽

右前件乃今日所當深慮者

一郊祀大禮每歲皆於春首舉行今已延至五月初旬豈宜更緩

一太皇太后大祥升祔典禮今已經三月之上亦宜上緊舉行

一殿試傳臚乃祖宗萬年大典豈宜經時廢弛不急舉行

一今乾清宮營建完美京師中外臣民同聲歡慶謂宜因此凱旋之後親自落成以大慰人心以

厚種子孫萬年無疆之福

一天下朝覲正官久住京師未得回任管事今年又將攢造黃册恐吏人緣此多作奸弊爲害不細宜將吏部都察院會題考察事理作急批出

一在京在外各衙門一應奏題事理自正德十四年十月以後至今已行躭延七八月之久其間緊要事多所宜作急發行

右前件乃今日所當亟行者

一自儀眞北至張家灣伺候人夫不下數十萬名所在官司拘集一處甚是妨廢農務况因饑餓

之餘疾疫傳染死亡數多誠可憐憫其陸路自江浦迤北至河南北直隸一帶地方及見今拘在南京城內聽候人夫各宜酌量地里遠近定爲限期特降明旨使得遵奉不致官民兩誤

一官軍騎馱馬匹日漸耗損若再歸遲則死失益多係干國家馬政亦非細故況今各府州縣解來稻草豆料及借於該部倉塲者支放俱已將盡不能勾一月之用自此之外有司無從辦納縱欲多方設法措置緣附近地方各因去年水旱災傷本等收蓄不多今歷春又夏民間所在

罄竭何處買給議又欲暫將草料折銀而令牧
馬郊外以紓目前之急但郊外一應地土俱係
軍民恒産凡田疇則種麥禾園圃則種蔬菜牧
放作踐人將何所仰給急宜豫議
右前件乃今日所當速處者

跪行宮巷口大街泣請迴鑾奏 正德十五年七月十一日

臣某等謹題爲彰聖武以安人心事仰惟皇上爲社稷大計不得已親征今駐驆南都欲乘秋後獻囚振旅而近來數日遠近遑遑或至夜間爾我相傳以爲耳目有所聞見互相驚恐常不自安及行賫問則又彼此推託莫知所自臣等竊惟聖駕所經萬靈擁護豈宜有此或者因今歲郊祀報本之禮尚遲而未舉天地之心容有未安自去年八月至今七月一歲廟祭未得親行祖宗之心亦容有未安太皇太后大祥已過升祔之禮尚未告成太皇太后之心又容有未

安凡近來所傳人必驚疑之事其實非人必之自驚自疑也安知非天地祖宗太皇太后在天神靈之所致乎豈非欲用此警動皇上以促廻鑾之期哉況今反賊宸濠等子女財帛等項船隻灣泊江上數月事久變生意外之患雖保必無又官軍馬匹草料缺乏無從買辦又自儀眞北至張家灣沿途迎候人夫數十萬衆伺候月久未見明示又延綏地方虜賊擁衆臨邊居民自春至今未得耕種而宣大偏頭等處屢有警報時常不絕我皇上聖武布昭罪人既得固已威振南土何不乘此破竹之勢鼓行而北命將統師

掃蕩胡虜以成南征北伐大勳使天下後世交口稱
頌神功聖烈超出千古豈不美哉如此則天地祖宗
太皇太后之心既無不安皇上之心亦無不安而遠
近人心舉無不安者矣臣等蒙國厚恩叨列扈從義
關安危不容緘默伏惟聖明留意

請旋蹕京師然後議處宸濠罪犯揭帖 正德十五年十一月二十日

昨日該司禮監官傳諭聖意欲令臣等擬旨命多官議處反賊宸濠并從逆拱𣝗等十四名罪犯臣等仰惟皇上為宗社生靈之故親統六師往征宸濠叛逆之罪先行祭告天地宗廟社稷及寫書與各處王府又詔諭天下然後出師是皇上躬行天討而非為私也今罪人既得地方以寧班師北還駐蹕通州咫尺京師遽欲議處宸濠之罪逆則出師為有名班師為無名何以昭示天下哉臣等受恩深厚叨列扈從此

而不啻其爲負國孰大於是所有前項旨意臣等未敢擬撰伏乞聖明鑒納

再請回京議罪揭帖 正德十五年十一月二十五日

今日該司禮監官又傳聖意必欲臣等擬旨命多官議處宸濠等罪狀臣等反覆以思豈敢固違但考之舊制揆之事理於心終不能自安惟我皇上今日親征宸濠亦猶我宣宗皇帝親征漢庶人高煦也當時罪人既得班師回京卽命鄭王襄王祭告天地廟社隨卽詔告中外獻俘五鳳樓前然後命多官議處高煦罪逆今聖武神功擬欲同符於先朝而櫛風沐雨越江泛湖跋涉之勞勤則實過於先朝多矣若不先行祭告詔諭然後議處罪犯先後施爲次第或紊恐

於事理未爲穩當伏惟聖明俯垂鑒納免令臣等撰擬前項旨意宗社幸甚天下幸甚時道路讙傳皆謂權倖欲於通州議處罪犯後誘引駕幸西北諸邊故連有此奏

辭免加少傅謹身殿大學士改戶部尚書奏正德十六年正月十七日

臣冕謹奏爲辭免恩命事正德十六年正月十七日節該吏部欽奉手勅太子太傅禮部尚書兼武英殿大學士蔣冕三年考滿加少傅謹身殿大學士改戶部尚書餘仍舊與誥命欽此渙渥自天震驚無地伏念臣生身遐僻賦性顓愚不自意於遭逢遂致位於通顯備員內閣驟陟穹階數年於茲一事無補才有限而難强病既久而益增惟喘息之苟存徒衣冠之僅屬累蒙中使錫賚肴羞載遣官醫診視氣脉殞身

莫報求退爲宜雖聖慈未忍於棄捐而庸劣深慚於
戸素豈期歷俸一考遽爾進秩三孤加秘殿之隆名
改地卿之峻秩誥命追崇於三代榮光下賁於重泉
有何功能膺茲寵數雨露之於草木雖徧育而無遺
名器之在朝廷實關繫爲甚重官崇而德不稱恐謂
誤恩能薄而賞過優何諧公議姑容復職固已跼蹐
靡寧特爲降麻切慮顛危難免寧使累朝優禮文儒
之典至微臣而暫停庶俾自古駕馭豪傑之資於清
時而不濫非惟下安愚分亦以外服衆心伏望皇上
亟推從欲之仁俯察由衷之請追寢前命俾仍舊官

凡臣此身未塡溝壑之年皆臣此生圖報涓埃之日
臣不勝悚懼懇切之至

時享不必遣官行禮揭帖 正德十六年三月二十日

古者天子崩則宗廟嘗禘之祭雖簠簋既陳不得終禮今大行皇帝賓天以二月十七日成服遺詔以日易月二十七日而除四月初一日孟夏時享太廟尚在未除服二十七日之內所有遣官行禮合無暫且停止

乞將各處取來婦女盡數查放還家揭帖正德十六年三月二十日

前日奉大行皇帝遺詔各處取來婦女見在內府的司禮監查放還家務令得所中外聞之莫不舉手加額稱頌大行皇帝盛德雖古之帝王出宮女憫怨曠殆不是過今早司禮監官傳諭懿旨欲就其中選未經進御者量留數十人竊意聖慈追念大行皇帝悲痛不勝但凡平日遺玩器物尚不忍見豈忍以朝夕隨侍之人留置左右觸目感懷愈生悲慟伏乞仍命司禮監一一查審明白放還鄉里庶於大行皇帝遺

詔之言今日聖母慈愛之意得以兩全無負矣

乞慎選隨侍左右人員揭帖 正德十六年三月二十一日

人君欲要出入起居事事盡善惟在左右前後皆用正人我大行皇帝天生聖質非不聰明蓋因奸佞諂諛之徒蠱惑誘引致有前日之事至今念之雖切齒痛恨亦已無及今新天子嗣位如日之方升天下之人莫不仰望其光彩伏望皇太后懿旨特命司禮監官將尚冠尚衣等四執事及膳房茶房般內答應學宮侍衛牌子等項并凡近司香人員逐一預選老成重厚慎密小心之人以充委任其曾經先朝隨侍壞事人員並不許與一以服內廷之人心一以協外朝

之公議務使奇技滛巧之玩不至於前市井里巷之語不聞於耳庶幾養成聖德調護聖躬所以綿國家千萬年無疆之慶端有在於此矣

召見謝恩題本　正德十六年四月二十四日

正德十六年四月二十四日召臣某等見於文華殿臣某等致詞曰陛下順天應人爲天下臣民之主初至行宮雨澤隨降一登寶位天日開明可見宗社萬萬年之慶奉聖旨先生每說得是知道了欽此臣等又曰伏惟陛下敬天法祖修德愛民任賢納諫講學勤政建立萬萬年太平之業臣等不勝幸甚奉聖旨先生每說得是知道了欽此叩首訖又奉聖旨與酒飯喫欽此又叩首方退卽日臣某等謹題今日伏蒙皇上召見臣等仰瞻天表恭聽玉音犬馬之情不勝

欣慶賜對禮畢又蒙優寵命賜酒饌高厚之恩臣等
不勝感激謹具題謝恩

恭聞宣諭拜觀宸翰題本正德十六年四月二十七日

臣某等謹題今早伏覩皇上御門視事宣諭禮官臣等仰瞻天表喜慰良深退至閣中該司禮監官送下御批題奏數本拜觀之餘竊幸陛下躬覽章奏親御宸翰字畫端勁眞得心正筆正之意陛下勤政務學之盛節見於更化之初如此可爲天下賀也臣等尤望陛下緝熙無間日進高明宗社無疆之慶端在是矣臣等不勝感仰之至

請如多官議主祀題本正德十六年五月初三日

臣某等謹題臣等考之前代人君自外藩入繼大統追崇所生者皆不合典禮惟宋儒程子折衷濮議恩義兼盡最得義理之正文公朱子取之在於通鑑綱目以斷漢宣帝之失今多官會議引以爲據皇上采而行之大禮旣舉聖孝克彰眞可以爲萬世帝王之法惟興獻王之祀今雖崇仁王主之他日聖嗣繁昌請仍以皇第二子嗣爲興獻王後而改封崇仁王爲親王處以善地待之優厚則人情事理兩全而無失矣

乞革去武忠御馬監并團營管事揭帖（正德十六年五月初六日）

臣等看得天壽山守備太監武忠近日蒙調御馬監管事今又令其提督團營命下之日人皆駭愕以爲御馬監職掌禁兵團營總戎重務豈可授非其人武忠昔在孝廟時憸邪阿附壞事頗多特加斥逐不用正德年間貪緣守陵愈肆貪虐強占民田累死人命數多剋削軍糧歲取動以數萬賣放軍人二千有餘恃勢爲惡人心積怨所以給事中史道劉世揚前後交章論奏欲付之法司明正其罪并追究援引之人

盖亦去邪慮患之深意也伏望皇上俯賜鑒納亟將武忠革去御馬監并團營管事止令外私宅閒住别選廉靜老成小心無過之人俾典禁兵仍與新命太監張忠一同提督營務庶幾軍政修明人心悅服邪黨殄除賢良進用陛下清明之政庶無累矣臣等不勝惓惓之至

重刻蔣文定公湘皐集卷之六終

一圜俞當藹校字

湘皋集
卷七至九

重刻蔣文定公湘皐集卷之七

清湘後學俞廷舉重編

闔邑紳士同刊

奏

請法虞舜及漢光武以光聖孝題本正德十六年五月二十三日

臣某等謹題今日該司禮監太監蕭敬等傳諭聖意

命臣等看詳禮部會議藩府主祀并稱號一本臣等

考之自古帝王由宗室入繼大統者在三代以前聖

莫如舜舜既受堯之禪但格於堯始祖曰文祖之廟

未聞追崇其所生父瞽叟也三代以後賢莫如漢之光武光武既有天下但立宗廟四時合祀高祖文帝武帝亦未聞追崇其所生父南頓君也節惟皇上天縱聖性上可匹休虞舜下則俯視光武伏望取法二君行事則聖德愈隆而聖孝益光矣禮部會官所議興獻王墳及神主宜介崇仁王以本爵奉祀兼理府事又議皇上宜稱興獻王爲皇叔父興獻大王自稱姪皇帝御名今仍介備查前代典籍再行會議務要詳審斟酌以求至當歸一之論庶於事理爲宜謹具題知

請崇聖學題本正德十六年六月初一日

臣某等謹題爲崇聖學以隆聖治事臣等聞人君之心惟在所養養之善則日進於高明君心日進於高明則治化可躋於太平矣堯舜三代之君所以養心者必先務學學必待講而後明必資人而後成是以立師傅保之官專爲論道講學之職伏惟陛下嗣登大寶一月以來用人無不當行政無不宜華小遠斥積弊一清天下聞之皆欣欣然有太平之望又聞視朝之暇端拱文華惟以觀書寫字爲事外廷聞之亦皆舉手相賀堯舜之聖復見於今日只今夏日晝長

閱覽章奏多有餘閒敢請日講祖訓一二條臣等亶
說大義明白開具揭帖或三日或五日躬候便殿進
呈以爲聖學萬一之助俟武宗皇帝山陵事畢卽開
經筵愼選儒臣中學行純正者取經史諸書分亶進
講遇有疑義隨賜質問則蘊於心爲聖學有日新之
功施於政爲聖治有隆盛之美宗社萬萬年無疆之
慶端在此矣臣等下情不勝懇切祈望之至

封還御批揭帖 正德十六年六月　日

爲人後者謂其所後者爲父母而謂其所生者爲伯叔父母三代以來皆然我皇上既承先帝之統嗣爲皇帝而以孝宗皇帝爲考以慈壽皇太后爲母則不當復考興獻王而母興獻王妃矣況大統之重皇上旣身承之則私親固在所輕也帝后尊號又豈得輕以加於本生父母哉至於憲廟皇貴妃在興獻王雖有罔極之恩律以正統大義大宗小宗自宜有別亦不得加稱壽康太皇太后尊號禮苟過厚於所生義必不專於所後私情徒狥正道必虧豈聖明之所宜

有哉臣等謹封還原奉御批旨意伏望皇上俯納愚
言毋意大統庶幾聖孝克全聖德無損上有以慰宗
廟在天之靈下有以答天下臣民之望

新政自陳乞罷奏 正德十六年六月初八日

臣冕謹奏爲自陳不職乞賜罷黜以彰新政事伏惟
我太宗皇帝建置內閣簡翰林之臣七人者處其中
俾之代言視草以宣德意納誨勸講以專輔導左右
顧問以決機務稽古纂述以示鑑戒蓋體太祖皇帝
罷中書省不立丞相而設五府六部都察院通政司
大理寺等衙門分理天下庶務事皆朝廷總之之意
凡內閣[illegible]以預議者皆朝廷之事所以其任甚
重仁宗皇帝又於本等學士幷殿閣大學士之上加
以師傅保職銜亦卽祖訓內所謂自古三公論道之

意列聖相承益隆委寄朝廷三孤東宫三少往往加
爲於是官階愈榮而職任愈重矣自非德望極一時
之選者豈足以當是任有如臣者生長遠方資質庸
陋本無學術素乏才能在憲宗朝偶叨科第濫竽翰
林尋侍孝宗於經筵本武宗於青宫循資歷級徧塵
清貫遂爾備員内閣不數年閒僥倖至於前職問其
官則三孤矣問其階則一品矣職業所在顧不能少
盡萬一臣何人斯乃爾叨冒幸遇皇上飛龍御極庶
政一新凡在百司庶府卑官末職皆欲一一得人何
况保傅之臣機密之任乃俾庸陋如臣者冒昧居之

寧不爲新政之累哉伏望聖慈俯鑒愚衷特賜矜允容臣致仕歸處山林別選耆德重望衆所推服如近日奉旨起用謝遷輩與楊廷和毛紀等協贊維新之治必能上有以輔成聖德下有以潤澤生民非惟不孤累朝委重之意抑亦允合人心舉措之公則臣雖退伏畎畒之下亦不與於榮列班行之間矣臣無任祈恩俟命之至

陳乞歸田奏正德十六年六月二十二日

臣冕謹奏爲自陳不職懇乞天恩放歸田里事臣以愚陋謬蒙先帝簡命擢任內閣數年以來素餐尸位旣無格心之學上以輔養君德又無濟時之才下以拯救民害況夫權姦相繼用事亂政虐民蠱惑誘引巡遊無度臣於其時不能極力匡持以肅朝政固已踧踖無地逮夫扈從南狩久滯留都遠近騷然朝不謀夕臣於其間不能力請廻鑾以安人心尤切愧汗不勝誤國負君瘝官曠職已自不釋人其謂何乃徒竊保傅之位冒輔導之名臣心自知臣罪甚大今者

幸遇皇帝陛下膺天眷命嗣承大統用賢納諫敬天
勤民寔千載難逢之會羣才効力之時臣雖至愚寧
不知感激聖恩誓竭涓塵用蘄少掩前過圖報於將
來乃切切然遽求休退亦非臣心之所恐也第以內
閣政事本原之地天下安危治亂所關豈可叨居以
彰非據況今內而班行之上外而山林之間俊乂至
多耆碩咸在試以登用孰不踰臣義敢自安不避賢
路伏望聖明俯垂淵鑒特賜俞音放臣歸田以安愚
分別任名德以慰輿情在微臣且將閉門席藁以求
省夫既往之愆在朝廷又將得賢輔政以佐成夫維

漸之化一舉而兩得矣臣不勝懇切祈望之至

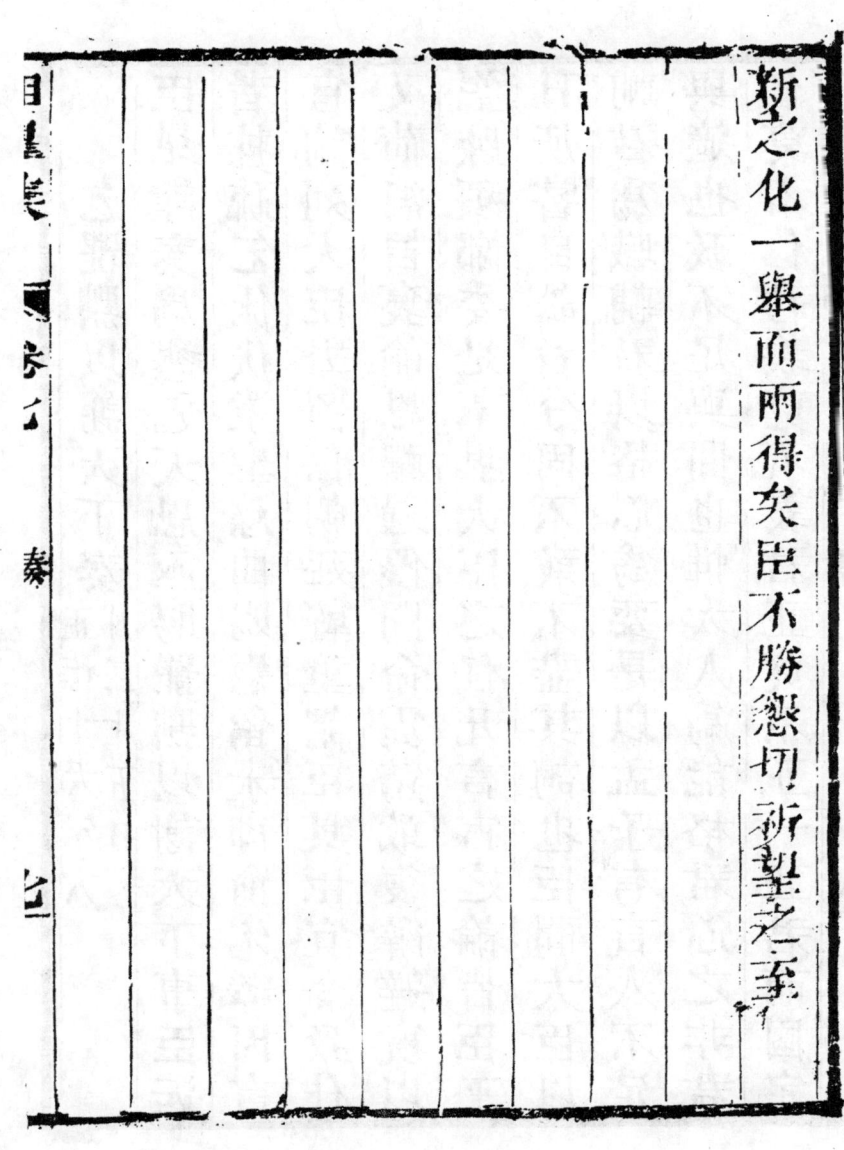

乞罷黜以謝天下奏正德十六年六月二十五日

臣冕謹奏爲懇乞天恩亟賜罷黜以謝天下事臣近者抗疏乞休伏蒙聖慈曲賜慰留未即俞允繼因言官論列大臣去留係朝廷輕重謂臣具臣宜令致仕又荷溫旨褒諭恩禮過優聞命震驚致復辭避實以空踈顓鄙委是不堪大臣之任凡言官之論皆臣平日所嘗自訟者今固不敢不盡其詞也臣聞大臣以輔君爲職輔君以格心爲要是以孟子有言人不足與適也政不足與閒也惟大人爲能格君心之非君仁莫不仁君義莫不義君正莫不正一正君而國定

矣宋儒眞德秀讀孟子此章而贊之曰自有載籍以來其論大臣輔君之道未有若是之深切著明者且歎後之名卿賢大夫往往知求治而不知正君知規過而不知養德又其後也則但汲汲於事功之末而謂治亂存亡不本於人主之身雖規過亦有所不暇又推原其本以爲大學不明之罪其說詳見於德秀所著讀書記中大臣輔君之律令格式誠莫有要於此焉者也臣賦質庸陋學無本原其於孟氏眞氏所論大臣之道懵不能知而備員內閣謬居大臣之位在先帝朝不能稽古正學引君當道以致蠱惑誘引

之計得行雖嘗屢次隨同官諸臣因事納說而積誠未至薇固益深及夫扈從南巡所在留滯稽刻之罪僅免旋蹕之期屢更跪門上章正救無策至今思之猶切自訟仰惟皇上天縱聰明日新聖德方將匹休堯舜禹湯文武之君以與唐虞夏商周之治一時大臣啟心納誨以上副淵衷如古所稱者未爲無人以臣庸愚豈可濫厠其列日夕自訟尤不遑安用是載瀝懇誠仰干洪造伏祈聖鑒俯照愚衷着臣既往戶素之愆假臣此後優閒之寵特容致仕以畢餘生庶幾上有以謝先帝下有以謝天下矣臣不勝惓惓仰

望之至

附錄科道奏請慰留題本

○吏科等科都給事中等官臣張九敍等謹題為定公論以慎政機事乃者大學士蔣冕吏部尚書石瑤因御史張鵬趙永亨論劾堅避不出臣等聞之不勝驚異竊相謂自來言官論列是非不明未有如此之甚者也切惟大學士蔣冕尚書石瑤歷事累朝居官三十餘年其謀猷宏達操履端醇其忠事贊諸天日而無愧其人品擬之古人而允合非特在朝之臣知之雖在外兒童走卒無不知者即書之所謂壽考詩之所謂老成也今聞論列忠不自安懇疏乞休是固大臣自處之道但皇上勵精之始政務方殷治亂安危之機所繫蔣冕係輔導之臣論思效沃聖躬倚毗石瑤當銓衡之任又考察京官在邇人材進退是託皆不可一日離其任者伏望皇上念二臣為公論攸歸照近日大學士楊廷和事例特降溫旨遣官宣諭令其亟出供職使老臣得以安其位而行其志後進不得逞其辯而濟其私公論由此而明國是由此而定庶新政之機發之正而持之堅

矣緣係定公論以慎政機事理未敢擅便謹題請
旨正德十六年六月二十三日奏二十五日奉聖
旨你每說的是足見臺諫公論將冕石珤已各有
旨慰留宜論吏部知道欽此
浙江等道監察御史臣張翰等灌題爲亟大臣以
明公議事竊惟公議在人天下所恃以爲安者也
公議不明爲善者懼況大臣進退所係尤亟設使
公議不明其心事將何以自臣等待罪言官而於
事干公議者顧可以不言乎臣等趨朝之際適見
大學士蔣冕吏部尚書石珤不在班行退而求其
故則曰被劾不出相顧愕然以爲論人者當於其
大而不責其備在朝如二臣想本之地正大光明
而平生履歷之大節要亦無愧至今語幹自者當
以二臣爲最今若此則人將無所持循而人人處
危疑之地矣聖明之世豈宜有此嘗關程朱大儒
在當時不能無議然事久而論自定於諸臣乎何
歎今各閉門引咎此同大臣之體然大臣之義則
視國家安危以爲休戚方今政務方殷考察伊邇
許國之誠諒不如是慰也況休休如二臣肯爲悻
悻自好者之事乎且許國者大臣之忘而眷注者

朝廷之典繇綸密勿之官啟沃是資人物權衡之
地黜陟攸係機務重大詎可使一日而虛其席乎
伏望皇上念萬機之重察二臣之心先遣官慰留
以致其禮遇之隆後勅令供職以示其崇重之意
則公議明政事理而大臣之心亦各安矣緣係垂
大臣以明公議事理未敢擅便謹題請旨正德十
六年六月二十三日奏二十五日奉聖旨你每說
的是足見臺諫公論蔣冕石珤已各有旨慰留宣
諭吏部知道欽此
右科道諸君題本偶傳闕於士大夫間謹錄
於此但本內諸君姓名惜乎不能盡錄也
南京吏科等科給事中孫懋等一本懇乞勉留大
臣以光輔新政事內開近聞大學士楊廷和以弟
被劾之故大學士蔣冕以御史張鵬之言尚書石
珤因御史趙永亨之言皆相繼乞休蓋言者失之
太輕剡此三臣才智德望既居天下之先文學樸
履亦出羣臣之有無一人之可舍去無一日可贊
違朝廷者也伏乞降旨勉留仍諭以中外公論再
照致仕大學士謝遷尚書韓文雖奉旨起用未有
員缺亦不必煩以職務但優其禮遇列之上班朝

叅經筵日月一至若有大政大事特令叅預亦乞
速降勑旨賜取來京與廷和等同心輔政正德十
六年八月十七日奉聖旨這所言有理足見公論
楊廷和蔣冕石珤已各有旨諭留謝遷韓文已各
有勑旨存問起用該部知道欽此
南科諸君題本末及通錄全文止於邸報內
摘抄
如右

懇乞退休奏 正德十六年六月二十九日

臣晃謹奏爲感激殊恩再陳衰朽懇乞退休事臣自今月二十一日以來連疏乞休屢荷聖慈曲垂慰諭自當扶衰供職仰體眷私詎容再以求去爲請況今聖政維新之初凡百臣工孰不踴躍自奮願立於朝如臣職忝論思官居禁近每隨同事二臣獻納議擬多見俯從體貌異常恩禮優厚非諸司百執事比又況皇上天地父母之恩下及愚臣見於近來慰諭溫旨者尤不一而足既謂臣扈從南巡隨事救正隱憂成疾又謂朕在藩邸已知臣賢且有忠勤體國嘉謀

禪政及名德宏才正學之褒而竭盡忠誠朝夕納誨方資啓沃佐新化之論尤惓惓不置累遣鴻臚寺官宣諭亟出又因科道諸臣奏辯留臣節有你每說得是足見臺諫公論之旨臣捧讀温旨祗拜殊私感激俯伏不知涕泗之橫流終夕彷徨如坐鍼氈不遑寧處前以一人欲去臣而臣遂堅欲求去今以衆人共留臣而臣乃未敢遽留大愚至德未報涓埃犬馬之情不思顧戀是果何故昏悖詩秏一至此極哉實以才薄位崇力小任重竊自揣度誠無一可以仰答殊眷者況夫祖宗創業艱難國家事體重大朝廷四方

之極君心萬化之原必朝廷無不正而後可以正四
方必君心得所養而後可以成萬化聖學不在於詩
詞章句當致力於本原聖治不止於禮度文移當深
明夫體要成憲必無一之不監舊章必無一之不由
初政善矣而慎終之道尤難大綱正矣而衆目之舉
未易天下尚多可虞之事人心當知不見之圖民困
未必盡蘇邊塵未必無警輔導密勿之地一或任非
其人正大光明之業自此必爲所累如臣庸劣安可
冒昧以居與其顧戀恩意黽勉復留且將因循歲月
曠職瘝官上無以副九重之知下無以慰衆人之望

使今日諸臣欲留臣者又將轉而如前日一人之欲去臣焉孰若堅持初志勇丐退休則猶可以竊附於陳力就列不能者止之義用是不避屢瀆昧死自陳伏望聖明特回睿照俯察愚衷念庸才難玷於明時俾即日遽解夫重任物還其分生得遂於投簪必匪無知死不忘於結草臣無任懇切祈望之至

請拆毁石經山祠廟題本 正德十六年七月初五日

臣某等謹題看得石經山祠廟已經多官奉詔查明不係舊規例該拆毁變賣况其所祀謂爲泰山之配尤極邪妄泰山爲五嶽之首秦漢以後不正封號我太祖高皇帝盡行革去止稱泰山之神一洗千古之陋且山嶽英靈萃而爲神有氣無形非如世人陰陽配合生育男女可以名爲夫婦今乃搏土刻木或範五金塑像繪形藻飾金碧儼然不異生人伉儷瀆禮不經莫此爲甚况此山祠廟乃錢寧創造立廟本以祈福福未能得禍已先臨錢寧既以反逆淩遲處決

其家屬又已連坐財産又已抄沒彼其姓名入且羞道之剮可留其蹤跡以汙輦轂之近地哉仰惟皇上嗣大歷服以來崇正闢邪中外臣民方傾耳拭目以觀聖政豈宜留此妖妄以惑人心若不痛加斥絶內外臣子懷忠愛之心者必將次第論列上累聖德所損不小臣等職居輔導知而不言且又阿諛順旨罪亦無所逃矣伏望聖明俯納臣等所言亟將前項祠廟聽各衙門官員仍前拆毀變賣以滅其跡其地土各給還原主管業橋梁并煠市俱不許似前邀側收稅務使居民行旅一無所擾以稱朝廷優卹圻甸之

意如此則詔令之出既無不信邪妄之說又不得行
一事舉而衆美具矣臣等不勝惓惓懇切之至

乞將保安等寺通行拆毁揭帖 正德十六年七月 日

臣等看得近年以來京城内外創建寺院窮極土木後用金碧委係侵盜國家財用剥削小民脂膏有傷治化有失人心至於冒請名額營求護勅甚非祖宗舊制仰惟皇上新政之初剗弊除奸闢邪扶正此亦其一端也所以言官論奏該部覆議皆欲將保安等寺遵照詔旨通行拆毁其於聖政深爲有助臣等擬票封進未蒙俞允竊惟前項寺院之設萬一有益於國無損於民則留之可也奉之可也然此乃異端邪說之流瀆經亂紀上焉無益於國傷風敗俗下焉有

損於民自古聖王之所必誅而不容以並立者或以種福田求利益爲說則他未暇論姑舉近日劉瑾之元明宮錢寧之石經山亦非本欲求禍也皆身被顯戮家底淪亡而畀不蒙其庇佑焉由此觀之則其不足信也明矣臣等心知其非不敢隱默伏望聖明斷而行之世道幸甚臣等幸甚

再封還御批題奏正德十六年七月十八日

臣某等謹題爲大禮事近日臣等恭詣文華殿進呈祖訓序文旨解伏蒙皇上賜茶且進臣等於黼座之前諭以禮部會官所議稱號一本幷御批旨意授與臣等臣等退而伏讀仰見皇上欲擬尊崇所生先諭臣等猶有從容商搉之意則聖心於此必有不能自安者又御批首言卿等議得是朕已知悉則多官所議者皇上亦未嘗不以爲是也既是其所會之議又悉其所議之情由人而驗之身因今而準諸古凡古人所評自昔人君於彼所生至恩所後大義其稱呼

之別禮儀之等有一定而不可易者皆莫逃於聖鑒
矣特以聖孝本於天性至純至篤所以御批旨意旣
謂父母生育之恩時不能忘又面諭臣等謂至親莫
如父母臣等雖愚亦豈不知皇上之至情哉實以爲
人後者爲之子旣爲人後則不得復顧其私親於其
所後者則父母之而於其所生者則或伯父母之或
叔父母之不惟降其服而又異其名此天地之常經
古今之通義所謂禮也聖人制禮雖原人情而必裁
以至公之道情欲爲而禮不可爲聖人不敢狥情而
違禮禮之所在天下萬世之公議在焉使顧私親而

可以爲孝徇情違禮而不失天下萬世之公議則舜禹聖人當先爲之矣舜禹有天下而天子之號不以加諸瞽叟與鯀舜禹豈不孝於其父母者蓋天下萬世之公議誠不可以一人之情而廢也彼宋之英宗特中才之主耳當時欲議追崇所生濮王典禮亦竟以衆論不同而止况陋英宗而不爲如我聖明顧可使所行反出英宗之下耶臣等荷國厚恩官叨輔導使果可行自當預先奏請何待今日恭承聖諭而猶喋喋上塵未敢遵奉况我皇上自嗣登寶位以來出入起居發號施令皆遠宗帝王之道近守祖宗之法

四方萬姓莫不愛戴稱頌以爲堯舜禹湯文武復見於今日至於尊崇所生乃國家大禮關係至重者顧可違天下萬世之公議而行之哉以此臣等不敢阿諛順旨仍以欽奉御批旨意速禮部會議原本并票封進伏望聖明俯納臣等及多官所言上法舜禹以禮事親仍依原票發出則皇上之孝卽舜禹之孝質之聖賢而無媿垂之簡册而有光天下後世不得妄有疵議以爲聖明之累臣等輔導之責亦可以少盡其萬一矣臣等不勝惓惓忠懇之至

重刻蔣文定公湘皐集卷之七終

一園俞當藹校字

重刻蔣文定公湘皋集卷之八

清湘後學俞廷舉重編

闔邑紳士　同刊

奏

請御經筵題本正德十六年七月十九日

臣某等謹題爲經筵事竊惟人君學與不學繫天下治忽自古帝王欲成天下之治未有不由於學者然帝王之學與書生異惟在講明義理以辨忠邪考究古今以知治亂心無不正德無不修一日萬幾躬親裁決則太平功業自此可致矣故我累朝列聖嗣位

之初必開經筵又舉日講百餘年來繼繼承承遵行不怠欽惟皇上昔在潛藩日勤講學堯舜孔子之道固已得其大綱今山陵未畢聖學方殷乃以經筵盛典擇日舉行聖學由是而日新聖治由是而日隆實宗社萬萬年無疆之慶也除經筵會講禮儀及合用官員臣等會同禮部官另行具奏定奪所有合該講讀經書并講書等官臣等逐一開具謹題請旨

計開

一經筵每月初二十二二十二三次每次將大學尚書先進講章至日講官二員進講

一每日早朝罷日講臣等侍班專令翰林春坊官四員就於皇上本日所講大學尚書接續講讀每本讀十數遍後講官各隨即進講講畢各退

一講讀後皇上省覽章奏有暇隨聖意寫字一幅少或百字多或二三百字次日講畢臣等恭看進呈

一每日各官講畢或聖心於所講書中有疑即賜下問臣等再用俗語直說大義務在明白易曉

請仍命多官會議稱號大禮題本

臣某等謹題昨日該司禮監太監蕭敬等發下禮部等衙門會議稱號大禮傳諭聖意猶有未安命臣等看詳擬票臣等竊詳此禮事體重大將以告於宗廟昭示天下傳諸萬世非可以輕易而行之者今既多官會議覆奏如此臣等二三人愚昧豈敢妄有更定必須仍命該部再行會同多官博考衆人議論參稽前代典禮詳加斟酌議擬停當務使正統之大義以明本生之大倫以盡而皇上之大孝信可以媲美堯舜之聖而漢之宣帝宋之英宗有不足言者矣臣等

愚見如此伏乞聖裁

乞守成法恤人言以光新政題本正德十六年十月十四日

臣某等謹題爲守成法恤人言以光新政事仰惟皇
上臨御之初推誠任賢虛懷納諫政令須布悉從公
論務復舊規十數年之奸蠹一旦剗除殆無遺憾中
外之人稱頌聖德均有至治之望夫何近日以來事
或少變如法司奏上大獄張銳許泰等罪惡深重幾
危社稷已經多官數次會審明白擬以重典臣等依
擬票旨未蒙俞允往復執論且十餘次既而徑從中
改俱得免死各犯財産既不入官有妻子者亦免緣
坐止於發遣充軍而已命下之日百官萬民莫不相

顧駭愕以爲此等罪犯實古今之大惡神人之共憤者今乃悉從寬縱上無以正國法下無以快人心其何以示天下後世之鑒戒哉外議洶洶皆以爲臣等議擬之過而不知臣等之實不與也昨聞刑部主事陸澄舉以爲言至謂臣等失職誤國臣等叨居禁近輔德代言乃其職分如今日之事失職誤國之罪誠不得辭但念臣等前此所以堅執初議而不敢阿意順旨者本以求盡其職圖報於國也今職未能盡而乃來失職之譏國未能報而顧得誤國之罪臣等將何辭以自解亦何顏以自立邪夫朝廷之法乃上天

之所命祖宗之所貽皇上膺上天命討之責守祖宗畫一之規豈容有一毫輕重於其間邪況更化之初政令之臧否社稷之安危所繫誠不可以不慎也伏望皇上仰遵成憲俯恤人言亟將張銳許泰等仍照多官原議寘之重典以正國法以快人心以垂後戒仍乞自今以往凡夫政令刑賞之施一以大公至正之道處之使臣等得以各盡其愚勉修職業以無負於維新之政庶幾少逭誤國之罪於萬一矣臣等忠悃激切不知顧忌伏乞聖明采納天下幸甚緣係守成法恤人言以光新政事理謹題請旨

請止加上慈壽皇太后尊號并武宗皇后稱號

揭帖 正德十六年十月十六日

臣某等近奉勅諭擬上慈壽皇太后尊號并武宗皇后稱號伏蒙皇上遣司禮監官傳諭臣等令於皇太后興獻帝興獻后亦各擬加稱號臣等竊惟皇太后由憲廟皇貴妃進爲皇太后興獻帝由王進爲帝興獻后由王妃進爲后已皆極其尊崇而慈壽皇太后止是先朝舊稱皇上卽位之後於禮亦當尊崇又將來皇上册立中宮當稱皇后與武宗皇后稱號無別所以臣等照依禮部會官所議擬上如前查得本朝

故事憲宗皇帝卽位後於天順八年三月尊母后錢氏爲慈懿皇太后母妃皇貴妃周氏止稱皇太后及成化二十三年四月始尊皇太后爲聖慈仁壽皇太后至孝宗皇帝卽位於成化二十三年方尊爲聖慈仁壽太皇太后母后王氏止稱皇太后武宗皇帝卽位後於宏治十八年六月始尊皇太后王氏爲太皇太后母后張氏亦止稱皇太后至正德五年十二月太皇太后始加慈聖康壽四字皇太后始加慈壽二字累朝所行節有次第伏望皇上遵照舊規於慈壽皇太后加上二字武宗皇后別爲稱號如臣等所擬

至於皇太后興獻帝興獻后一遵慈壽皇太后懿旨
行禮如此則事體順而彼此皆安聖孝彰而臣民悅
服矣伏惟聖明鑒納

自陳乞罷奏 正德十六年十月二十三日

臣冕謹奏爲自陳不職乞賜罷黜事臣蚤以章句之儒濫竽侍從之列驟塵內閣晉陟三孤官以傅爲名必如古人傅之德義而後可以稱其職也臣在先帝時扈從南狩往返經年目覩時事之日非生靈之重困而不能力請迴鑾手鋤姦佞及夫旋蹕大內先帝病旣彌留又未忍上疏求歸乃猶旦暮依依瞻戀闕庭矢與羣臣同心協力宏濟於艱難幸天眷之有歸仰聖皇之御極乾坤再造庶政一新耆碩俊英靡不登用臣獨尸素賢路久妨此臣所以捫心內愧不能

頃刻以自安也伏望皇上察臣哀祈之情實非矯僞宥臣失職之罪特允退休使臣獲保殘骸偷安故土儻未卽塡溝壑尚當日與田夫野老歌詠聖化以報天地生成之大德其爲感戴何可勝言

請因吳廷舉之愧亟賜罷黜奏正德十六年十月二十五日

臣冕謹奏為懇乞天恩亟賜罷黜以懲不職事臣昨以不職自陳懇祈罷免伏蒙溫旨曲賜慰留且命吏部宣諭恩意隆洽雖碩德元勳朝廷所以褒寵之者亦不過是顧臣何人獲此殊眷宜乎夕聞命而朝造朝也豈可再有陳說以瀆聖聽哉獨念臣近因兵部右侍郎吳廷舉自劾謂有愧古人者數端其一則指臣隨侍先帝南狩之事臣觀廷舉奏內陸完近已發遣王瓊見在監禁梁儲前已致仕俱別無議處不待論說惟臣久汙內閣輔導無能靦顏班行尚未罷黜

廷舉以此自愧赧不能安故入見之初首先論列蓋
廷舉與臣同出廣西自布衣交好至今已四十年同
第進士列館中外今亦三十五年每歲書問往來者
凡數次前臣屢從在途及抵南京廷舉亦有數書與
臣其間多為獎借之辭未嘗先語時事之及今乃追
論前事蓋欲臣省愆既往以覬圖報將來既已失職
於先朝自當勇退於今日處臣朋友大義當然廷舉
蓋將有志於古人之道今乃自以為未能如古且用
以自愧舉以上聞又非獨盡處友之義尤欲盡事君
之忠也使臣不亟掛冠解綬而歸尚爾尸位素餐而

處非惟不協於公議抑且有愧於臣心況臣體弱病
多才微力薄無補於治有妨於賢若復貪戀明時實
是虧損名節用是不避煩瑣冒昧再陳伏望皇上宥
臣屢瀆之愆察臣由衷之請亟降俞旨特允歸休無
任感戴天恩之至

附徐學謨世廟識餘錄新增
兵部侍郎吳廷舉與大學士蔣冕俱廣西人自少
爲布衣交又同第進士世宗登極廷舉劾奏冕當
先帝南巡時冕既不能排闥引裾而諫及微言不
聽又不能挂冠解綬而歸諫古人導以教訓傳之
德義不如是也且言臣與冕爲同榜好友不能如
韓愈之於陽城歐陽修之於范仲淹陳瓘之於曾
布朱熹之於史浩常遺書論責有愧於四臣實爲
倖位求自免去其詞近眞已冕言廷舉與臣莫逆
其列官中外三十五年每歲逼書問者數次前臣

起從南巡廷舉亦嘗致書及臣矣其閒多獎借之詞無片言及時事蓋謂臣既失職於先朝當勇退於今日處君臣朋友之義當然臣不去何以謝廷舉上知廷舉言過邀倨冕亟出視事而尋調廷舉南京工部案武廟南巡時冕嘗與同官跪門諫止後在南京又數宥聞繇則冕固不負其職也廷舉是時爲都御史貲無一言及之顧不先自劾而劾冕幾於責友詰直矣未世士大夫好名之過郎父母兄弟有不相顧者況朋友乎此無他學術不明而踰利之必勝也今世以廷舉爲氣節中人亦未考其生平耳

以與吳廷舉面諭之言上陳懇乞賜骸疏正德十六年十一月二十九日

臣冕謹奏爲自陳衰病不職懇乞休退事近者臣以邇從先帝尸素失職連疏衷悃懇切求歸仰荷聖慈疊頒溫旨申之以褒寵繼留之諭重之以委託倚任之隆大德至仁有同天地臣非草木寧不知恩尚復何言不出供職但臣稟受素弱近日尤衰心氣怔忡頭目眩暈腰膝酸軟步履艱難夜則盜汗遍身臥不安枕飲食減少精神恍惚雖未昏迷牀蓐實是不便朝參多病曠官理宜罷黜況臣近與吳廷舉面相論

說亦謂掛冠解綬決當行其所言今旣以病廢職矣豈容不求去乎昨日節奉聖諭吳廷舉一時過激之言不必介意臣捧誦滂流雖父母之於子委曲慰諭亦不過是謹已拜稽受命不當復以上瀆獨廷舉與臣面相論說之語上關國家事體下關臣名節有不可不陳於君父之前者三月前廷舉特來臣家相訪臣謂廷舉爾旣有此藥石之言何故當時不先以見教使肯見教而冕不能行則冕今日甘受責友欺君之罪矣冕僥倖入內閣未久先帝即欲巡幸南海子邇而巡幸湯山大壩又遠而宣府陽和又遠而大同

延綏諸處自正德十二年春至十四年秋始有親征之舉未親征之前冕隨同官楊廷和毛紀等諫止巡幸諫止威武大將軍稱號諫止火牌旗牌等項又以死力諫不寫總督軍務威武大將軍勅書又於左順門文武百官之前首斥逆賊江彬神周姓名而以大義面責許泰後又諫止親征凡此危言讜論不一而足姑未暇詳論及親征詔下力莫能回他人有力請御寶而行者有請空頭勅書數百道又欲出京之後寫王府勅書者有欲以内外各衙門題奏本皆齎赴行在擬旨者冕皆極力止之始不果行說者謂當時

寧庶人宸濠尚未擒獲權姦意各有在設使御寶出京王府勅書在外可寫一應題奏本可以在外擬旨權姦意既有在何事不可行冕於此舉或不能無微功也又先帝至揚州因欽天監奏正德十五年郊祀日期欲於南京郊天冕以南京舊壇則有仁祖太祖配位京師郊壇則有太祖太宗配位南北不同今仁祖配位既不可奉遷而北太宗配位又不可奉遷而南不知倉卒欲行郊禮於我二祖一宗果將何以配享天拖奏上始有另擇日來看之旨說者又謂若先帝果於南京郊祀則將車轍馬跡遍於天下其年秋

冬安敢遠望迴鑾晃於此舉亦或不能無微功也他
若在途及南京駐驆之後有因孝貞太后祔享日期
廹近而論有因朝覲官久候京師而論有因鍜試進
士而論有因西北二邊警報而論有因北直隸山東
盜起而論有因徐淮大水而論有因宸濠停泊大江
恐生事變而論有因南京風雹災異而論有因南京
錦衣衛罪因越獄而論有因都御史王守仁功大不
錄反欲見罪而論有因邊軍嗟怨而論有因官馬倒
死數多而論有因錢糧草料缺乏而論有因牛首山
等處怪異警動而論或手具章疏或口語權姦諄諄

切切懇請迴鑾自春至秋懷疏跪門屢次力請雖未卽時見允而旬月以後遂定振旅還京之期至於不穿罩甲則雖錢寧江彬同傳旨苦逼而亦未敢曲從不賀總督府懸掛牌額則雖文武羣臣守候行禮而亦終不肯往凡若此者豈可謂於治體世道無少裨益哉古之人攀折殿檻碎首玉階者固有之矣而安處朝堂默籌樽俎亦有能成安國家定社稷之功者未可執一而論也晃雖庸鄙朴陋百不如人而上於朝廷下於士論此心實未忍負今乃不察晃之用心不考晃之行事槩與他人例論豈得爲合於人心是

非之公乎廷舉語塞但云往事不必論汝爲君子寺爲小人臣又謂廷舉曰爾謂不能移書論冕有愧於古者四人其劾韓愈争臣論歐陽修與范司諫書意蓋欲冕隨事納忠未爲不善至朱熹與史浩書謂不爲張禹孔光爾亦信冕之决不肯爲張禹孔光也獨陳瓘謂曾布以官爵牢籠移書論其過爾今入朝首疏論冕以示鄉里朋友無私交之意正與陳瓘意同但曾布是宋時宰相當時欲以朝廷官爵市私恩故陳瓘特論之今之內閣學士不比古時宰相爾之陞官昔是吏部會官推舉不與內閣相干誰敢以朝廷

之官職市一己之私恩乎爾何不相諒也廷舉遂無言而去臣與廷舉鄉里朋友之間私相辯論之言豈宜舉之上瀆天聽特以廷舉有愧於心未形於口者倘舉以爲言況臣爲其所愧面相辯論之說上有關於國家事體下有關於微臣名節者乎此臣所以不容終默未免喋喋上塵也臣近日節奉聖諭卿忠誠端亮內外推重先帝初欲南巡屢與同官跪門諫止後在南京又上疏跪門節次請回朕在藩邸具已知悉欽此昨又節奉聖諭卿在先朝隨事納忠曲盡心力欽此伏讀前後聖諭則是愚臣區區一念螻蟻微

恍聖明悉已洞察固無待於喋喋上塵但臣反覆思惟竊深愧汗自以素行不孚雖鄉里朋友間亦固不能無疑至形之章奏而況於天下之大後世之遠乎以是展轉再三終不能已亦不自知其煩且瀆也臣之愚悃既畢達於黻扆之前臣之殘骸敢遂乞於山林之下況臣衰病瘝曠如前所云心雖有戀於明時力實無裨於新政伏望皇上察臣分量之已踰憫臣衰頹之既久特降俞旨許臣退休俾臣得以追省前愆苟安愚分則國是以定賢路無妨而區區微臣一人之出處又有不足言者矣臣不勝懇切祈恩俟命

之至

請留吳廷舉照舊供事疏 正德十六年十一月初二日

臣冕謹奏為陳情避嫌事昨該吏部欽奉聖旨吳廷舉改南京工部右侍郎欽此緣吳廷舉先因吏部會推奉旨陞工部右侍郎未久改兵部右侍郎欽取來京入見之初自劾求免謂前此未曾移書與臣愧不如古人之處朋友以為不職臣因累疏乞休俱蒙溫旨慰留且遣吏部鴻臚寺官相繼宣諭臣感荷殊眷惶懼弗勝不得已扶曳病軀黽勉入謝曾未移晷而吳廷舉改官南京之命下矣廷舉公差在外承召而來席未暇煖今又改南京兩京各部事體相同官階

湘皋集　卷八　奏　五

無異由北改南聖意所存國體公議在焉臣不敢知
特恐天下之人聞之於臣不能無少嫌疑妨賢之誚
或及於臣則臣之心終不能自安矣伏望皇上收回
成命容令廷舉照舊供事俾臣得與廷舉並立於朝
各務勉修職業則在臣無可嫌可疑之情而在朝廷
有並用兼容之美矣臣不勝懇切祈請之至

請仍俟大婚禮成加上尊號題本 正德十六年十一月初八

臣某等謹題今日早該司禮監太監蕭敬等俱至閣中傳諭聖意令臣等即擬上皇太后與獻后尊號仰惟皇上孝奉兩宮尊崇之禮固不可後但先朝加上尊號禮儀俱有次第臣等已嘗累次具題未蒙俞允今承聖諭臣等委難議擬伏望皇上俯納臣言少俟明年大婚禮成之後慶洽宮闈加上尊號庶幾禮文兼備事體無虧而皇上之大孝可傳於天下後世矣臣等愚見如此伏乞聖裁

請愼大禮以全聖德題本 正德十六年十二月初十日

臣某等謹題爲愼大禮以全聖德事近該司禮監傳示聖意欲加稱興獻后尊號臣等輙擬進興獻太后之稱所以仰體聖心自以爲至矣盡矣不可以復加矣昨蒙發下擬票復見御批加一皇字臣等極知聖孝純篤有甚不得已之情但職在輔導不容曲從阿順以上損聖德蓋陛下入繼皇考孝宗之統而以慈壽皇太后爲母則於本生之母分義自有不同名稱亦宜有間若私厚於本生略無異於所繼紊一代之綱常拂萬世之公論臣等復隱忍而不言使陛下得

罪於祖宗取謗於後世是臣等負陛下之簡知而不能盡忠匡救亦何顏立清朝食厚祿而冒當輔導之任邪茲敢封還御批仍依原擬上進伏乞陛下朝見興獻后之時即以臣等愚見從容開導仰冀俯從臣等不勝懇切之至

乞俯從群議仍乞同賜罷黜題本正德十六年十二月十九

臣某等謹題為慎大禮以全聖德并劾不職乞賜罷黜事近該臣等題前事伏蒙皇上御批於興獻帝典獻后尊號上各加一皇字隨該禮部并科道等官具本執奏皆以為不合典禮臣等擬票未蒙俞允仰惟聖孝純篤本於天性親恩罔極發於至情固有不能以自已者然於此有禮焉禮之所在人心向背之是關朝廷治亂之攸繫雖君上有不得以自專者又豈臣下所敢輕變之乎我皇上承武宗皇帝之統嗣孝宗皇帝之後正禮所謂為人後者為之子不得復顧

其私親者是也但人之情本生之私恩嘗失於獨厚
而所後之大義常患於未明以致稱號無別達越於
先代取譏於後世誠不可以不慎也考之自古帝王
以旁支入繼大統追尊所生未有如今日之過者舜
禹聖人也舜受堯之天下禹受舜之天下當時未聞
帝其所生萬世而下稱聖者無間焉降及後世漢宣
帝繼孝昭後追謚史皇孫王夫人曰悼考悼后而已
光武上繼元帝鉅鹿南頓君以上立廟章陵而已皆
未嘗有追尊之號而考后之稱後之議者猶非之晉
元帝由琅邪王入繼大統止立皇子爲王奉父共王

祀先儒以爲定其大義不失統紀宋英宗議加濮王典禮久而不決光獻太后乃以手詔尊濮王爲皇夫人爲后英宗顧下詔讓而不受亦未敢後然而自加尊稱也今日與獻帝后之加較之前代尊稱已極擬諸典禮亦已過矣若復欲加一皇字而與孝廟並焉與慈壽並焉恐非尊無二上之義也忘所後而重本生任私恩而棄大義豈所以示至公於天下乎且朝廷之所以號召天下中國之所以表正夷狄者以其有此禮義也有此名分也今一旦越禮不經亂萬世之綱常惑四方之觀聽此豈細故也哉伏望聖明少

抑私情益隆孝道思敬皇繼體之義念慈壽定策之功悟聖心俯從羣議收回新命用成大禮務使九廟在天之靈安則興獻幽明之情亦安而萬國之懽心可得矣皇上之大孝信可以媲美舜禹而漢宣以下之君豈可同日而語哉再照臣等官居師保職專輔導與聞公議罔效直言誠意不足以上格淵衷德望不足以素孚睿慮累章救正未荷優容顯號殊稱竟從中出奉兩宮以非正之名誤九重於有過之地失天下之人心違萬世之公論臣等誠不得以辭其責更望聖慈大施乾斷昭示明威亟將臣等同賜罷

黜放歸田里別簡名流贊理政機庶幾明盛之朝不襲非禮之事密勿之地皆爲輔德之賢共成精白一心之治永延宗社萬年之休臣等不勝至願謹題請

旨

重刻蔣文定公湘皐集卷之八終

一園俞當藹校字

重刻蔣文定公湘皐集卷之九

清湘後學俞廷舉重編
閤邑紳士　同刊

奏

請罷黜以正大禮疏 正德十六年十二月二十日

臣冕謹奏爲自陳不職乞賜罷黜以正大禮事臣備員內閣與聞朝廷大禮竊見皇上加稱兩宮尊號必欲本生與所後並隆舉朝力爭天聽莫回臣與同官楊廷和等屢奉御批捧誦再三極知聖孝純篤情蓋出於甚不得已但反覆展轉晝夜以思事關萬世綱

常有不容於阿狥曲從者寧恐不再三冒昧爲皇上
言也本生父自古無稱帝者興獻帝已加上帝號矣
本生母稱太后則漢文帝之母薄太后與定陶傅太
后在藩國時皆原有此稱如中山馮太后之類非即
位後始加上也今興獻后已加稱太后尊號矣然此
猶有可諉者曰聖母慈壽皇太后懿旨皇上嘗仰遵
慈命不敢固違也今皇后之上又各欲加壹皇字務
欲與所後皇考孝宗敬皇帝聖母慈壽皇太后彼此
頡頏略無少遜是固出於皇上之意矣何以服天下
之心哉必欲如此行之則與漢哀建平之政相去幾

何將使董宏冷褒段猶等諂諛之論得以肆行莫忌
而質安以下非正追崇之禮踵接於天下豈所望於
聖世哉自古人君起自外藩入繼大統而能盡宮闈
之孝者莫若宋孝宗未聞其追崇所生也至於理宗
亦然所以孝宗得稱爲孝理宗得稱爲理千載而下
史册相傳以爲美談雖英宗濮園追崇之議亦竟以
衆論不同而寢以我皇上聰明仁敬有堯舜禹湯文
武之資今日議禮顧出英宗下臣官冐孤卿職慙輔
導請如漢師丹宋呂誨等各議定陶濮園典禮不合
策免辭職故事斷自宸衷先將臣特賜罷黜以爲大

臣不職之戒況臣近因雪後連日勉強趨朝感冒風寒見患痰嗽等症前在班行嗽不停聲衆共聞見年衰多病有誤機務重任理當致仕伏望聖慈統垂淵鑒亟賜矜允臣不勝感荷天恩之至

乞愼典禮以回天意題本 嘉靖元年正月十二日

臣某等謹題爲愼典禮以回天意事今月十一日郊祀禮成聖駕還宮之初淸寧殿後西三宮火起大風隨作皇上親自臨視內府各監局官員人等數千人環視左右莫可如何皇親府部等官以及臣等皆於左順北望歎息無能爲力旣而風勢轉烈烟焰益熾延燒大小房屋數多風止而火始熄是火起雖由於人而風勢猛烈人莫能救則不可謂非天意也惟我皇上精誠篤敬克享天心故於郊祀之時萬里無雲月星交朗燔烟直上神心欣豫何故大禮初成有此

災變又火起不於他處而乃迫近清寧後殿豈非興獻帝后尊號之稱祖宗列聖神靈在天容有未安者乎天意於此昭然可見蓋典禮出於天綱常倫理關繫甚重不承天意以行典禮而惟人情處之聖心既與天心相違則災變宜乎其來矣前所稱帝后已爲非禮但以出於慈壽皇太后體悉聖情特降懿旨行之壞萬古之綱常悖上天之典禮皆有所不顧則亦何以服天下之人心免後世之譏議而貽興獻帝后之令名於無窮也哉伏望皇上鑒災異之非常察天意之有在仍依臣等所擬禮部勅諭施行則人心悅

而天意得所以變災爲祥綿宗社千萬年之慶端有在於此矣臣等不勝惓惓祈願之至

乞册文中不必以子自稱題本 嘉靖元年三月初四日

臣某等謹題近該臣等進呈興獻帝册文連日司禮監官傳諭聖意欲於皇帝之上加一子字臣等仰惟陛下舉古今非常之禮追崇興獻王爲帝顯號鴻名極其尊重至情竭盡無以復加今陛下若又以子自稱則於所後孝宗之禮未免有分而亦不得致專於祖宗列聖之正統臣等與府部科道自去歲以來稽經考古累疏論奏意正爲此理有可加何待今日以此不敢阿意曲從仍以原擬册文封進伏望陛下以禮事興獻帝俯納臣等所言庶幾不致得罪祖宗貽

議萬世伏惟聖明鑒察

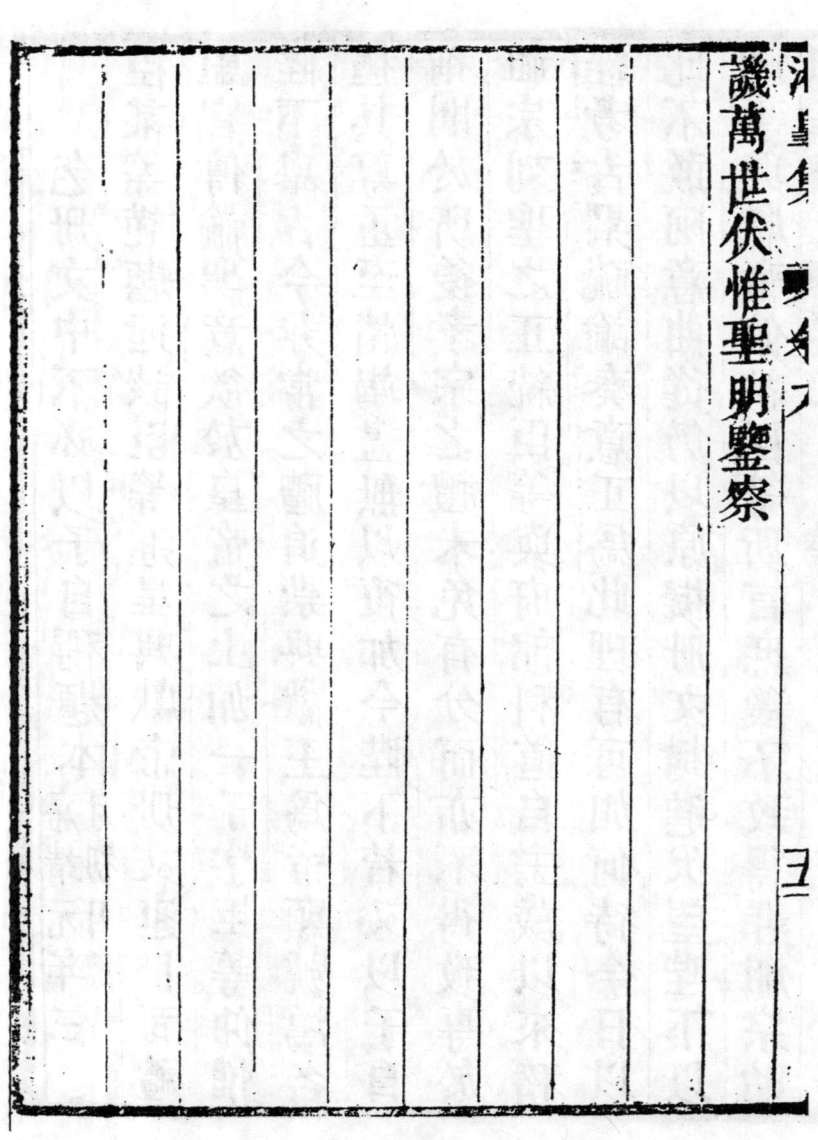

乞於年月下不必稱孝子字樣題本 嘉靖元年三月初八

臣某等謹題臣等撰上興獻帝册文首說恩亟本生便見得陛下是興獻帝親子今日早司禮監太監蕭敬等傳示聖意又欲於年月下稱孝子字樣方顯得尊崇親切的意思臣等以爲陛下所居的位是孝宗武宗皇帝的天位所承的統緒是太祖太宗傳下來的正統則於本生父自難稱孝子字樣此事關係綱常甚大臣等決難阿意曲從今於册文中間又說以長子入承大統則於本生之情愈加明白伏望勉從正禮早賜施行臣等不勝忠懇激切之至

辭封爵疏嘉靖元年四月初一日

臣冕謹奏爲懇辭恩命事嘉靖元年三月二十五日節該吏兵二部欽奉手勅朕入繼大統賴爾內外文武勳戚大臣定策并迎立各宜忠懤保安社稷今山陵及徽稱大禮事畢宜加殊恩以答元功大學士楊廷和蔣冕毛紀首先定策忠義大節功尤顯著俱進封伯爵給與誥劵子孫世世承襲食祿一千石餘官如故俱仍在內閣辦事欽此寵命忽頒驚惶失措亟撫心而內愧幾無地以自容竊惟封爵之榮古今所重在朝廷固不輕於錫予於臣子孰敢冒於僥踰可

蒙幸會之逢遽望誤恩之及仰惟皇上聰明天縱仁孝性成以天潢之至親嗣大統於先帝上承聖母之懿旨下得天下之歡心乾坤有再造之功民物荷維新之化山陵之事甫畢尊號之禮初成誕布德音丕宣殊典遂令茅土之貴濫及草芥之微臣官冑孤卿職忝輔導才薄力小任重秩崇方虞招物議以爲國羞詎敢貪天功以爲已力熟思已審堅遜爲宜況臣曩在先朝久尸榮祿邦有杌隉之勢人懷危疑之心始惟居守乎空官繼乃扈從於遠狩有言莫省欲去不能命矢致於見危心徒切於望治豈謂垂老之日

獲際太平之辰縱雖歸骨泉臺如尙僥榮朝著今乃爵列公侯之次世衍子孫之傳食祿至千石之多誥券後同時之給仍供職於內閣更叨榮於舊銜寵數出於非常禮意寔無前比誰謂幺麽之末品膺茲希濶之殊恩福過則災患必生器盈則顚危不免若不投誠君父必將立致禍殃爰瀝血忱仰干洪造伏望

皇上特垂淵鑒俯察微衷俾臣仍守舊官苟安愚分行將力辭機務歸老山林則優容之私過於寵假之賜多矣

再辭封爵疏 嘉靖元年四月初九日

臣冕謹奏爲再乞天恩懇切辭免封爵事臣以近者恩命非常日夕惶懼懇章求免天聽未回義甚難安不敢不昧死再陳情悃竊惟班爵酬功固朝廷之盛典瀝誠請命尤臣子之至情敢避再瀆之嫌不上由衷之懇伏念臣猥緣末學忝綴近班夙受知於先皇久叨官於內閣不幸鼎湖值遺弓之變共欣代邸爲奉璽之迎天命有歸眞主已膺夫歷數人心胥慶至仁浹[illegible]乎謳吟風雲雖共喜於遭逢鱗翼敢自矜於攀附豈謂自天之命忽假定策之名以代言視草之

臣膺胙土分茅之貴事駭驚於非分恩特邁於常倫愧未效韓歐之忠於英宗乃遽冒平勃之賞於文帝屛營蹴踖俛仰慚惶竊位妨賢久已甘於擯棄循涯揣分詎復萌於僥踰新命未還於國家積憂必成夫疾病立塡溝壑未報不世之殊恩雖在泉扃尚遺身後之永恨端拜冕旒之下備申螻蟻之忱非聖明曲賜夫矜從則淺陋寧逃乎罪戾仰祈淵鑒亟推從欲之仁明詔延臣特寢罔功之賞不惟使臣免譏評於衆抑且使臣省災咎於身誓竭犬馬之餘生仰答乾坤之大造臣不勝瞻天仰聖懇切祈請之至

辭爵第三疏嘉靖元年四月十三日

臣冕謹奏爲懇切陳情力辭封爵以安愚分事仰惟
我皇上以天縱非常之聖嗣祖宗列聖之統上膺天
眷下得人心方先帝遺命之須聖母懿旨之出臣雖
與同官楊廷和毛紀等與聞其事而實未嘗少效分
寸之勞也皇上今乃歸功臣等特降手勅假以定策
之名進封伯爵臣已再疏懇辭未蒙矜允命下之日
益切驚惶無功受賞人孰不以爲疑竊天之功已亦
自知不可聖恩所及雖極覆載之難名臣義未安實
切淵氷之欲隕愚誠已悉天聽未回徒屢貢於懇悃

之章猶再煩於一寧之旨惟未宜於理分輒仍冐於威嚴苟免庶懲已荷恩憐之至敢緣幸會更叨封爵之榮忝五服五章命固不加於無德雖一嚬一笑人亦必待夫有功況伯爵之疏封於名器爲甚重與公侯而並列超階品之常班今以懷鉛握槧之腐儒乃與盟於河山以尋章摘句之下士猥剖符於茅土犬馬之微勞未聞少效虎龍之慶會已幸親逢與其使之負愧懷憂凜然殃咎之將臨孰若使之安常守舊坦然職務之姑盡此臣所以下瀝乎肝膈冀以上達於宸旒伏望聖明特收涣汗之恩俯遂勤惓之願事

必祈於得請心始獲於粗安使臣早遂一日之辭庶
臣早得勉供一日之職倘聖慈未遽允可俾愚衷恒
竊彷徨則臣惟有懇乞退休以謝瘝曠敢復仍前尸
素以速顛虞臣情切辭迫不勝惓惓祈天俟命之至

辭爵第四疏 嘉靖元年四月十五日

臣冕謹奏爲懇切陳情辭免恩命乞賜罷歸田里事近奉手勅加封伯爵三疏辭免俞旨未頒日夕彷徨不安寢食竊惟朝廷列爵以待非常之功人臣事君當守本然之分恩既出於非望情敢避於屢陳雖至辭窮寧忘義讓伏念臣性資庸陋識見昏冥叅薦歷於清班遂謬塵於內閣職樞機之重任無絲粟之微勞方聖政維新之初正勵精圖治之日宜安蹇劣異避英賢豈可以一朝之謬恩驟膺夫五等之高爵寵踰其分私情已自不安處非其宜大義亦何能協拜

詔旨駭奉功疑惟重之諭在愚懷慮罹德不稱服之
災爵人於朝初未下諧於僉議無功於國詎可上冒
大殊私寵數雖重於邱山臣身若臨於淵谷非惟不
敢祗承於新命抑且不能仍處夫舊官敢乞殘骸歸
耕故土伏望皇上曲回天聽少軫睿慈念臣日侍冕
旒察臣心非木石寧不知伯爵之可貴實本無勳庸
之可封哀下愚之不移狥素心之所欲特免罔功之
賞丕宏憫老之仁俾臣退處於山林得侶於樵牧則
國家詔爵馭貴之典既不褻及於匪人微臣安分知
止之心亦可少白於天下一舉而兩得矣臣不勝惓

惓哀懇祈天俟命之至

辭爵第五疏 嘉靖元年四月二十日

臣晃謹奏爲激切陳情懇辭恩命容令休致事臣伏見今之公卿大臣凡承恩命有所辭讓多亦不過再三安則拜而受之不復辭矣臣近者力辭封爵章已至於四上請解機務退處山林聖心未回宸眷益注非惟不允微臣所乞且令所司便擬爵名聖諭下臨慚惶益切手足失墜魂魄驚翔揆之於心愈不能一日以自安矣況聖諭又有報德酬功朕當從厚且有知卿勞謙雅志之褒臣本無德可稱無功可錄無勞可謙而冒膺天語丁寧假寵不一而足一至於此自

敵巳以下受之亦宜如何其爲報也而况得此於九重之上哉昔漢之丙吉因霍光張安世議所立奏記於光決定大策迎曾孫於掖庭立爲宣帝自後絶口不道掖庭舊事宋之韓琦旣輔立英宗門人賓客或從容語及定策事琦必正色曰此仁宗聖德神斷爲天下計皇太后内助之力臣子何與焉二事載在漢書宋史列傳中彼二臣者於宣帝英宗皆眞有保護翊戴之功而不自居謂之勞謙可也今臣幸際皇帝陛下飛龍御極千載一時方奉迎初承先帝之遺命奉聖母之懿旨一應撰述誥諭塡寫金符等項雖與

同官楊廷和毛紀等辦理其事而費皆本等代言視草之職務也何勞之有身本無勞則恩命之下懇切辭免正事理之所當然非有而不居者也敢謂謙乎既無功德又匪勞謙則孰敢貪天之功以爲巳力而冒受非常之恩命哉況我皇上以天序宜嗣之至親膺天眷非常之佑命自毓德潛藩之時天下臣民固巳歸心久矣豈待先帝賓天之後而後知神器之有所屬哉彼漢宋二君固未可與今日例論丙吉韓琦二臣亦非臣所得而髣髴其萬一者伏讀聖諭至於感泣於是臣之心益不遑安而臣之身益莫知所措

矣以是力辭之疏雖屢巳上塵而情出微衷實不容巳輒敢因聖諭之所及者而復冒昧懇懇爲陛下陳之伏望聖明特垂淵鑒省閲臣前後所陳情懇察臣於此不安之事決無冒昧受寵之期特命所司不必進擬爵名俾臣不冒無功之殊典於清朝聽臣得歸垂盡之殘骸於故土則我皇上之賜眞與天地之覆載同一高厚之恩矣臣干冒天威不勝隕越俟命之至

懇辭封爵疏 嘉靖元年四月

臣冕謹奏爲再陳情悃懇乞天恩辭免封爵事臣以比來恩命非常進退惶懼懇章辭免天聽尙高義實難安不容不昧死再陳情悃竊惟朝廷懸封爵以待有功之臣人臣無可封之功則孰敢冒受朝廷之爵是故上有誤恩以施於下則下必懇請以歸於上蓋必如是而後朝廷爵賞之施不至於或濫臣下禮義廉耻之維不至於有一之或缺臣之誦此言也久矣仰惟陛下以天縱非常之聖人嗣祖宗列聖之大統承先帝之遺命受聖母之懿旨方鼎湖遺弓之日有

代邸奉璽之迎當時遺命之頒懿旨之出臣雖與同官楊廷和毛紀等與聞其事然皆本等職分之所當爲曷敢侈然竊天之功以爲功也今陛下乃歸功臣等特降手勑假以定策之名進封伯爵我國家之制人臣之功不至於開拓土疆揃平僭逆建立所謂汗馬奇勳未有進加封爵者况以循行數墨之臣叨司代言視草之任盡其職分之所當爲乃竊天之功以爲功冒膺封爵以與汗馬勳勞者並可不可乎國初文臣加授封爵有運籌帷幄功並子房若誠意伯劉基者矣劉基之功何如其功也與基同日封忠勤伯

有汪廣洋當時文臣得封僅此二人且後又有忠勤伯茹瑺以靖難功封則在永樂時未聞爵及後裔他如天順初有武功伯徐有貞以復辟封成化中有威寧伯王越以破虜封尋皆削奪固不足言若乃興濟伯楊善英廟朝以在景泰初迎駕功錫封亦僅傳至其子惟正統中有靖遠伯王驥傳子以及孫曾今日有新建伯王守仁一以平夷功一以討逆功前後相去數十年纔此二人未始多見封爵之重蓋自累朝已然豈獨今日之不宜輕授哉以臣庸愚備員內閣在先帝朝曠職瘝官爲日已久雖皇上天度包容不

愆即加斥譴而臣蚤夜之間未嘗不撫躬自省以謂從前罪戾竟不知果將何逃今乃一旦忽有此封爵之加豈臣區區愚慮之所敢及哉懇章已陳俞音尚閟伏讀前降手勑捧誦不允溫旨且驚且憂心神惶惑勿謂封爵重典臣敢冒昧覬覦惟是此勑此旨傳流遠近以臣姓名濫竽其列使衆人驚疑議論紛逮臣之罪戾益大且深愈不能逃矣況當聖政維新之時前此冗食贅員冒濫爵賞者紛然甚衆臣與同官楊廷和毛紀等固嘗仰承德意悉心查處一切裁抑以絶僥倖今復自貪榮寵不顧衆論是非决去禮義

廉耻之維以冒朝廷封爵國體政要關繫匪輕義實不能一日以自安也用是不避屢瀆之嫌備述累朝之事再瀝血誠上塵睿聽伏望聖明特賜矜允收回成命俾臣獲安常分仍守舊官誓竭犬馬之誠上報乾坤之德臣不勝懇切祈請之至茹瑺封忠勤伯考之永樂實錄及吏部累朝公侯伯腳色文移皆然前奏所奉批答作忠誠伯其日乃湖東費公視草或别有所據也此本末

上

謝賜書題本 嘉靖元年四月二十八日

今日伏蒙皇上遣司禮監官頒賜臣等四書五經性理大全資治通鑑綱目續資治通鑑綱目大學衍義各一部臣等謹頓首祗拜恭惟皇帝陛下生知務學性好觀書謂聖賢經史傳記之言載帝王修齊治平之道詔出倘方之墨本特頒內閣之儒臣期遠探乎精微庸少效於裨益臣等俯躬承命拭目生輝什襲珍藏用永作百世傳家之寶敷陳講讀求無負九重望道之誠臣等不勝欣忭感戴之至謹具題謝恩

重刻蔣文定公湘皋集卷之九終

一園俞當藹校字

湘皋集
卷十至十二

重刻蔣文定公湘皐集卷之十

清湘後學俞廷舉重編
闔邑紳士　同刊

奏

請講學題本嘉靖元年五月二十八日

臣某等謹題切惟經筵日講所以發明義理之精微敷陳古今之事跡成就君德禆益治道祖宗列聖先後相承未嘗不以此爲急務我皇上臨御之初山陵未畢經筵日講次第舉行中外臣庶莫不懽欣相告以爲堯舜之治亦不難致近於本月二十二日經筵

甫畢遽傳旨并日講暫免又免午奏臣等叨官輔導略不與聞心實未安義難緘默仰惟我皇上天縱聰明春秋方盛正緝熙聖學之時端處深宮豈可使此心無所繫着况人君一心關係最重養之以善則形於言動發於政事足以上合天意下順人心生民蒙福國祚綿長俱由於此自古聖賢之君未有不由養心而能致治者詩書禮義皆養心之具聲色貨利則皆足以爲此心之蠹也心體本靜而用則動不繫於此必繫於彼聲色貨利一或有動於中妨政害事其患將有不可勝言者伏望皇上致謹於此心宮中無

事不廢讀書乞將大學尚書容臣等接續前日所講讀者量進起止仍乞選委司禮監官一二員但遇視
朝聽政之後恭侍左右請於每書讀十數遍務令字
義通曉遇有疑滯特御文華殿召見臣等俯賜訪問俾臣等得以少效涓埃講讀之暇時或游心翰墨取古名人法帖臨寫十數字或仍前寫倣令臣等三日一次圈看一切聲色貨利不使少接於前則聖德益新而聖治益隆矣臣等不勝惓惓懇切祈願之至

請慎重擇地題本 嘉靖元年十二月十一日

臣冕等謹題爲慎重擇地以安祖宗神靈事近者恭遇大行壽安皇太后厭世上仙聖心哀慕特命司禮監等衙門太監等官帶領通曉陰陽地理人員前往天壽山擇地隨該太監張淮等各具本復奏伏蒙皇上召臣等至左順門宣示臣等看得茂陵左右委實地形逼窄莫若橡子嶺爲宜未蒙允俞又命禮部會官詳議臣等連日再三審度心實不安一應禮制姑未深論惟擇地之說考之於古雖宋大儒朱熹亦嘗以此告於其君寧宗方寧宗欲祔孝宗於祐思諸陵

之旁朱熹累疏論奏謂葬之爲言藏也以子孫而藏其祖考之遺體則必致其謹重誠敬之心以爲安固久遠之計使其形體全而神靈得安則其子孫盛而祭祀不缺此自然之理又謂穿鑿已多之處地氣已洩祖塋之側數興土功以致驚動亦能挺災以朱熹之言推之則今日茂陵之側不可興土功以致[illegible]動神靈也明矣先年孝穆皇太后祔葬就與憲廟元宮同時掩土其後孝貞皇太后亦不過開壙即葬今旋鑿金井大興土功發掘原土深至數丈出之於外以洩地氣另運大石數萬從新築砌以茂陵旁八丈有

餘之地而興此大工役夫數萬何處着足且其槌鑿之聲聞於壙遠穢濁之氣薰於上下其爲驚動何可具言憲祖在天之靈其能安乎其利害所在關切聖躬且遠關於聖子神孫臣等豈可知而不言以負陛下朱熹又謂譬如鄉鄰親舊之間有以此等大事商量吾乃知其事之利害而不盡言告之人必以爲不忠不信之人而况臣子之於君父又安忍有所顧望而默默不言哉此臣等所以惓惓懇切爲陛下言之也况張淮等各奏橡子嶺在本陵迤南僅餘三里即與祔葬無異既稱明堂廣闊朝水關闌草茂木繁水

深土厚允爲吉地伏望俯納臣等愚言差官再行覆
看不必拘定茂陵左右但主於奉安大行壽安皇太
后體魄永無他患不惟憲祖在天之靈不致驚動而
聖子神孫萬萬年之慶益久遠而綿長矣臣等不勝
至願

自陳求退疏 嘉靖二年正月十六日

臣冕謹奏爲自陳不職懇乞休致事臣以庸劣備員內閣冒居保傅之官竊自揣量力不勝任屢疏自陳懇乞休退節次荷蒙皇上溫旨慰諭未遽允從日夕兢兢不遑寧處心口相語誓竭涓埃用報聖恩之萬一柰何才識淺陋不足以任事問學荒疎不足以代言辭之體要無以宣皇猷論失公平無以定國是九重之勵精徒切一事之獻替無聞況自去年七月以來天象屢變災異相仍民窮盜起時事方殷曾不能少出謀猷以紓宵旰惓惓之慮其爲不職孰大於此

又況臣稟賦薄弱素有羸疾年老氣虛百病交侵旬日之前偶因痰嗽吐血數口幾至委頓昨者分獻郊壇奉迎聖駕僅能成禮一二日來腰膝酸痛精力疲憊動履艱苦寸步莫前衰殘昏瞶日甚一日今賢俊滿朝豈少一羸疾無用之老若不披瀝肝膈懇乞退休徒竊輔導之虛名有誤機密之重務妨賢負國其罪將有不可贖者寧不舉平生而盡棄之哉伏望聖明俯鑒微衷亟賜矜可容臣休致以安愚分以畢殘生別求耆俊代居論思密勿之任俾其與在任同事諸臣朝夕左右從容獻納輔德格心共成嘉靖太平

之治豈非愚臣之至願哉臣不勝祈天仰聖懇切祝
望之至

乞罷機務放歸田里疏嘉靖二年正月十七日

臣晁謹奏爲懇切自陳乞罷機務放歸田里事竊惟朝廷政務自有萬幾固不可一日或致稽延尤不可一事不加愼重奉行稍緩一日而事或少留思慮未周一事而處或未當則將妨政害治其患有不可勝言者我祖宗設文淵閣以處文學老成之臣與之圖議天下之事內外文武諸司章奏無一不使與聞或親屈萬乘之尊臨幸閣中或輦輿所至之處宣召諸臣不時入見累朝具有故事君臣上下必孚意契無一日而不相親無一事而不與議是以政無留滯而

天下蒙其福恭遇聖明在御頃自郊祀禮成而還昧爽臨朝勵精政事不意臣與同事諸臣偶爾一時各以事在告自本年正月十四日後三日之內無一人赴閣供職蓋自永樂年間以來無此事也致厪聖慮遣官宣慰該鴻臚寺官半日之間兩至臣家臣以此悚懼不安本月十五日具本自陳懇乞休致次日奉聖旨卿累朝勳舊德望素隆贊理天工多施勞勩勿以人言見沮忠義便當亟出供職以副朕懷欽此既而又蒙聖恩遣內官監右少監婁斌親至臣家催臣速出堅欲守候卽日趨朝而前此又蒙遣鴻臚寺卿

魏境慰諭宣召自天有命至再至三優假之恩一至於此豈宜復有辭避以重違命之咎誠以政事樞機之地關繫甚重一日不能供其事則固不敢一日居乎其官况臣平素叨冒雖久尙猶存可諉者曰精力或能支持今既衰頹甚矣又何敢頃刻以自安哉用是不避屢瀆再申前懇伏望皇上少垂睿鑒亟降俞旨罷臣機務放歸田里勿使天下後世議者謂文淵閣重地妨政誤事自臣愚今日始則豈獨臣愚一人之幸哉臣干冒天威不勝悚慄待命之至

謝恩題本 嘉靖二年正月二十日

臣冕謹題爲謝恩事臣於本年正月十七日具本乞休本月十九日節該欽奉聖旨卿與同官連日俱不赴閣供職已屢遣官宣諭催促宜即日亟出以副朕懷欽此昨日又蒙聖恩遣内官監右少監羅雍枉臨臣家催出供職蓋自本月十六日至今五六日間已屢塵聖明眷念再遣内臣宣諭閭巷聳聞縉紳驚歎咸謂皇上假寵儒臣禮數優異隆恩大德天高地厚臣雖至愚極陋寧不知感激非常之遇誓竭涓埃圖報萬一但臣委實餘齡無幾宿疾未瘳外而四肢腿

滕既艱於動履，而五臟心神尤極於驚怖。皇仁雖務於優容，臣力實難於鞭策。儻矜臣乞骸之請，獲免臣曠職之愆，非惟深愜夫私情，實亦允諧於僉議。謹因陳謝，伏冀聖慈憐臣下情，無任激切屏營之至。

謝遣官宣召題本 嘉靖二年正月二十二日

臣冕謹題爲謝恩事昨日伏蒙聖恩遣內織染局右副使謝宣至臣所居宣諭卽日速出供職伏枕聞命稽首拜恩中使傳宣已至再三微臣圖報未殫萬一徒爾瞻天而仰聖未能力疾以趨朝謹具題謝恩伏惟聖明鑒察臣無任激切屏營之至

請愼選左右停止齋醮題本 嘉靖二年三月　日

臣某等謹題爲愼選左右速停齋醮以光聖德事竊惟人君一身天下根本欲令出入起居事事盡善惟在左右前後皆用正人日聞正言日行正道則奸佞之徒不須斥逐自然遠去異端邪妄之說何從而生臣等先於正德十六年四月初間已嘗具啟請於昭聖慈壽皇太后乞命司禮監官將尚冠尚衣等四執事及膳房茶房殿內答應掌宮侍衛牌子等項人員逐一豫選老成重厚愼密小心之人以侍陛下任使其曾經先朝隨侍壞事人員並不許濫與卽蒙懿旨

施行暨陛下登極之初臣等又嘗極言異端邪說瀆經亂倫傷風敗俗亟宜痛絶又條奏愼始修德十二事寫成牌額懸置殿壁其一事謂一應齋醮禳禱必須豫絶其端不可輕信不意近來無故不時修設齋醮恩寵賞賚過於尋常遠近傳聞莫不驚駭推原其故皆因先年壞事之人各名下掌家管家等項人員計引番漢僧道人等巧言誑惑以致陛下不察誤崇信用各該名下人員從來壞事非止一端至於今日猶以齋醮一事試探聖心夫齋醮之事乃異端邪說誑惑時俗假此名目以爲衣食之計佛家三寶道家

三清名雖不同其實同一虛誕誣罔之說聖王之所必禁在昔梁武帝宋徽宗崇信尊奉無所不至一則餓死臺城一則纍縶金虜廟社邱墟生靈塗炭求福未得反以召禍史冊所載其跡甚明若使二君當時左右隨侍皆得正人何至受禍如此哉二君且未暇詳論只如近日劉瑾建元明宮錢寧建石經山祠張雄建大慧寺張鋭建壽昌寺于經建碧雲寺張忠建隆恩宮費用金銀不計其數其心本欲求福也然皆身被誅竄家底敗亡畧不蒙佛與天尊之庇佑由此觀之則其不足信也明矣奈何讒邪小人公肆眩惑

不遵祖宗法度不畏天下議論至使宮闈之内修建齋醮萬乘之尊親蒞壇場上惑宸聽下誑愚俗以爲福田可種利益可求災患可除祥瑞可致不知近來遠近亢旱風霾災變彼何不誦一經念一呪以消弭之乎南北直隸山東河南流賊焚劫殺戮彼何不驅神兵役鬼將以掃平之乎陛下試以此驗之則其無益有損不待辯矣況陛下親蒞壇場行香拜籙亦甚勞矣何不移之以御講筵修設齋醮耗費錢糧亦已多矣何不移之以濟窮困蓋正道異端不容並立必既繫於彼則必不繫於此邪說既入則聖賢之經訓

自蹤播之天下傳之後世其爲陛下聖德之累不小非止虧損聖治耗蠹民財而已臣等職在輔導陳善閉邪培養君德分所當然第以積誠未至言雖諄諄未蒙嘉納今不得已揚言於廷以爲不如是則不足以聳動天聽以故不避干冐率爾上塵伏望聖明亟納臣等所言特命司禮監官將前項有名蠹惑拆引人員逐一查出先將首惡從重究治其餘寅緣阿附者盡數斥逐不使仍前隨侍再命禮部查訪在外寺觀同惡相濟表裏售姦僧道一體治罪又命光祿寺備查近來每次齋醮取用過米麵蔬果等數又命內

庫查報各該人員賞過襯施銀兩等物各開數進呈
查究追奪以杜冒濫更乞大施乾斷於凡無益齋醮
一切停免惟日以敬天法祖修德保身爲先務則聖
治益隆聖壽自延聖德愈光所以綿國祚於千萬年
無疆者端有在於是矣臣等不勝忠懇仰望之至

請正統本生禮宜有別題本（嘉靖二年五月十四日）

陛下欲臣等撰旨於本生父母帝后上各加一皇字臣等今早已與太監張佐等再三講論決不敢奉命仰窺聖意必謂身既尊爲天子於生身者必極其尊稱乃足以爲孝然此乃一己私情非人倫正禮非天下公論違公論狥私情而欲以不正之禮加於所生恐未足以爲孝而反爲聖德之累矣蓋國無二統尊無二上陛下既承皇兄武宗之統嗣爲皇帝而考孝宗禮當隆於所後不得顧其私親所以尊正統而重大宗也前此以昭聖慈壽皇太后懿旨有帝后之尊

稱於正禮已爲太過在公論已爲未安然覩所後之大宗稍有分别略存等殺猶之可也今乃欲極其尊稱上與孝宗及昭聖慈壽並是豈奉承正統尊無二上之義哉臣等若阿意順從使陛下違正禮背公論立於有過之地雖足以取寵於一時而不能免譏於萬世其爲不忠大矣伏望割棄私情俯聽臣等所言庶聖德無損乃爲大孝而臣等亦免於不忠之罪臣等不勝懇切之至

請抑私恩以全大義題本 嘉靖二年六月初九日

前此五月十四日蒙遣司禮監太監張佐等傳諭臣等已嘗具奏以爲不正之禮恐爲聖德之累臣等決不敢奉命私謂聖意已回矣今乃復欲行之竊惟前項尊稱關繫綱常倫理聖賢自有定論有不可徇情任意而行之者臣等大小臣寮累章抗議諒聖心固已灼見無疑而乃猶未釋然者蓋本生與正統義難並尊私恩與公義理難兼舉今日帝后之稱其於聖情已爲曲盡而天下之公論至今未已若必欲復加此字與孝宗皇帝昭聖慈壽皇太后混然無別不少

遜避廢禮不經莫甚於此將何以告於天地告於祖宗而詔示天下後世乎臣等非不知阿意順旨可以爲容悅之計然職居輔臣不能直言極諫使陛下處於有過之地復何顏立於朝著間邪昔魏明帝勑戒公卿曰敢有邪佞導諛時君謂考爲皇稱妣爲后則股肱大臣誅之無赦夫明帝偏安之主耳尚知以至公大義戒諭其臣而臣等遭際盛時顧不能推明正論導陛下爲堯舜之君是誠明帝之罪人也伏望聖明抑私情以全大義重正統以隆大孝毋使嘉靖之朝重致紛紜之議則臣等庶可少免罪戾於萬一矣

臣等不勝忠懇拳拳之至

召對平臺後題本嘉靖二年六月十八

臣某等今早伏蒙皇上召臣等至平臺親授手勅面諭臣等令議擬興獻帝與國太后尊號字稱勿再固執臣等縷縷口陳古禮大義决不可行前後多至數十百言雖未獲奉俞音而仰瞻玉容親聆天語諄復懇到煦乎春温始終無少疾遽之色臣等曷勝感戴既又蒙遣司禮監太監張佐等至閣中再三申諭催促撰擬比之前月十四日及今月初九等日五次至閣中所諭之日尤加切至臣等仰聆聖諭敢不敬承第以事關萬世綱常不容輕議使果可行臣等久已

先事奏請行之豈敢累煩聖意至於今日惟揆以大
義決不可行所以臣等自正德十六年三月十四日
奉迎皇上入正大統之初講論已定凡大宗正統本
生私恩之說連章累牘反覆詳陳聖心固已洞察無
疑不待再瀆但聖情廹於不得已所以今日復有此
舉夫以前日帝后之稱出於昭聖慈壽皇太后懿旨
天下之議至今猶藉藉未已況又加以今日之舉乎
苟使不顧義理不恤公論恣情任意行之則非惟祖
宗列聖暨孝宗武宗在天之靈不安雖與獻帝神靈
亦將不安聖德將自此而損聖治將自此而傷聖孝

亦將自此而有所不全矣臣等雖死其敢奉命乎臣等今日手筆之所執論與早間口語之所敷陳大槩意皆在此伏望皇上痛抑私情專意大統備以臣等愚言委曲奉啟興國太后安享至養永綏壽祉貽千載之令譽綿百世之本支宗社生靈不勝慶幸

重刻蔣文定公湘皋集卷之十終

湘皐集　卷十　十八

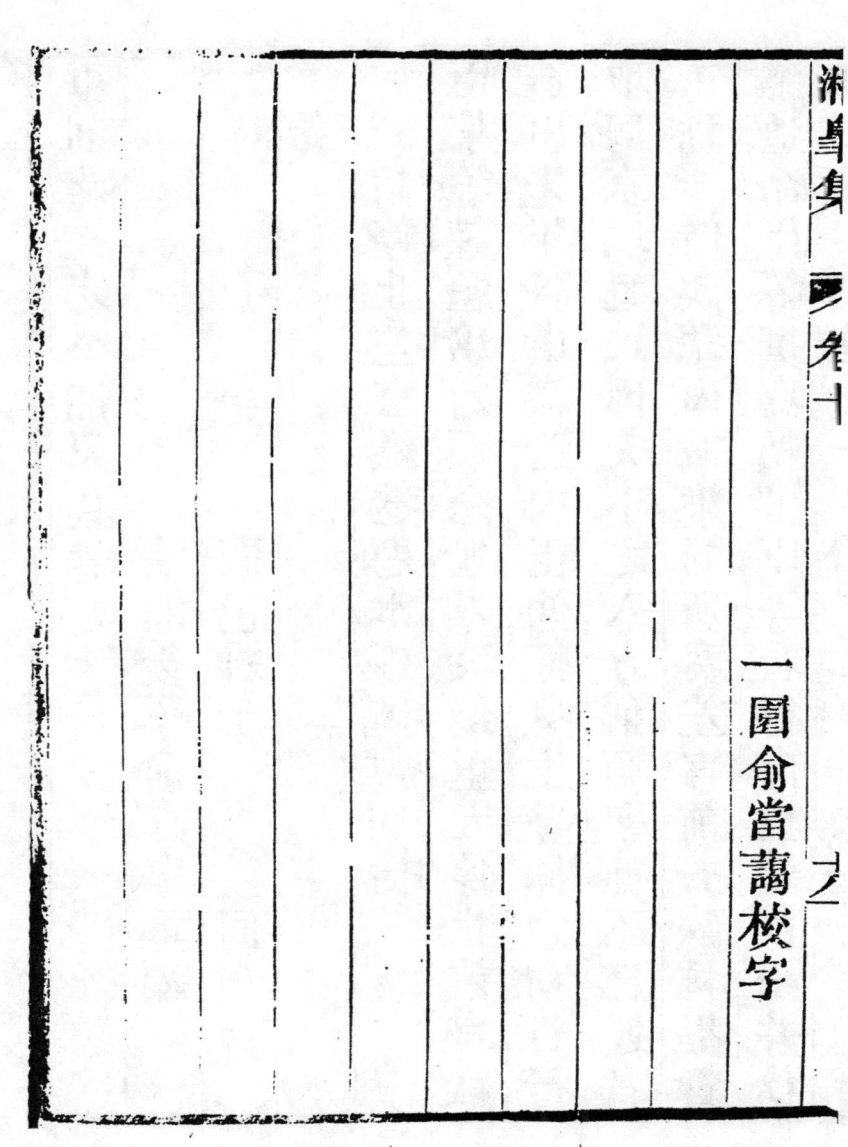

一園俞當譪校字

重刻蔣文定公湘皋集卷之十一

清湘後學俞廷舉重編

闔邑紳士　同刊

奏

請停止差官織造題本 嘉靖二年十二月初二日

臣某等謹題爲乞憫念地方災傷重大停止差官織造事先年各處織造內臣仰惟皇上登極之初各行取回京以甦民困天下之人方稱頌聖德不已迺者不意一時誤聽內織染局所奏差官前去蘇杭提督織造命臣等撰寫勅書臣等看得南直隸蘇州并松

江常鎮等府浙江杭州并嘉湖寧紹等府今年四月以後亢陽爲虐入秋以來大雨不止旱澇相繼災異非常委的地方十分狼狽本等錢糧不能辦納尚要奏求蠲免若又差官織造一應物料工匠何從出辦撥給非惟逼迫逃亡抑恐激成他變又況經過地方淮揚等府邳徐等州見今水患非常高低遠近一望皆水軍民房屋田土盡被渰沒百里之內寂無一爨之煙流徙死亡難以數計所在去處白骨成堆幼男稚女稱斤而賣十餘歲者止得銅錢三十餘文有經數日賣不能得母子相視痛哭投水而死者各該地

方官員奏要賑濟該部爲因公私匱乏錢糧無從出辦方且晝夜憂惶計無所措自今至于麥熟之時尚有數月各處饑死豈能俯首枵腹坐以待斃其勢必將起而爲盜傳聞鳳陽所轄泗州地名洪澤饑民聚集舟中者已不下二千餘人刼掠過往客商船隻莫敢誰何所傳果實未知何日始得剿平將來事勢尚有不可預料者臣等職叨輔導實切驚懼所有前項勅書臣等決不敢寫伏望皇上俯從六科十三道各官所言憫念地方災傷重大收回成命停止織造官員不差宗社生靈不勝慶幸如果袍服急缺止照工

部題覆着鎮巡三司官議處物料人匠鎮守官提督
織造則地方既免重困而供應亦不至於有誤矣伏
惟聖明留意謹題請旨

請停止差官織造第三次題本嘉靖二年十二月初十日

臣某等謹題爲懇乞憫念災傷窮民亟賜停止差官織造事近該臣等奏乞免撰差官織造勅書節奉聖旨官已差了再不必具擾執拗欽此臣等一聞此旨相顧驚愕備員大臣素蒙體貌不意聖明一旦有此在朝群臣亦皆彼此駭歎謂雖正德年間亦未見批答內閣臣題奏有如此旨意者臣等固當引身求避以明不可則止之義但展轉以思不能無庶幾啟之之望若以具擾執拗爲嫌而乃悻悻然見於其面非臣等之所宜自處也臣等豈敢以此擾陛下哉恐災

傷窮跣不堪織造之擾千百成群起而爲盜賊以擾
天下也亦非敢固執已見違拗不通也執祖宗之法
欲望陛下遵而行之以保宗社勿與天下公議大相
違拗以取後世之議也今臣等言之不聽九卿言之
不聽六科十三道言之皆不聽獨二三邪佞之言聽
之不疑陛下獨能與此二三邪佞之臣共治祖宗之
天下哉聖旨又謂織造係累朝事例臣等考之洪武
永樂洪熙宣德正統天順累朝並不曾差官織造雖
成化宏治中間一行之亦非朝廷美事憲祖孝考恤
民節財聖德善政非止一端陛下皆不取以爲法乃

獨舉此不美之政以爲事例此豈可以事例言也方
陛下登極之初嘗傳旨欲更換廣西鎮守廣東市舶
并提督大壩馬房守備倒馬關等處及看守廉州府
珠池各項官員臣等先後具題俱蒙俞允停止各官
不差勅書俱免撰寫海內之人方傳頌聖政之美何
故今日織造一事乃獨不蒙嘉納且特降前旨雖出
御筆親批決非司禮監官所敢議擬不知撰寫進呈
果出左右何人之手我祖宗朝一應批答皆由內閣
擬進惟正德年間權姦亂政始有擅自改擬營求御
批以濟其貪私者新政以來不曾明正其罪遂令此

輩邪佞小人敢於今日復蹈前車覆轍惟欲蒙蔽蠱惑以圖身家富貴不顧生靈休戚社稷安危陛下何忍墮其姦計壞祖宗之法度哉祖宗天下至正德間幾致傾覆仰賴陛下再造乾坤轉危爲安中外軍民始獲稍甦然國勢民力比之成化宏治等年百尚不及一二今日豈堪再敗壞邪與言及此可爲流涕臣等決不敢撰寫勑書以重誤國殃民之罪伏望陛下俯垂鑒察停止織造官員不差仍乞命司禮監官將前項蒙蔽蠱惑邪佞小人逐一查出并逐在外不使仍前奉侍左右以杜後來亂政壞事之漸實宗社萬

萬年無疆之慶也臣等不勝惓惓忠懇之至

求退疏 嘉靖三年二月十六日

臣晃謹奏爲乞恩求退事臣聞龠合之量强而實以斗斛之儲必溢而傾力不足以勝匹雛强之以舉烏獲之任必顚頓困踣不至於斃而不已况國家機務關繫天下安危生靈休戚者乎無大受之器無任重之才冒昧嘗試爲日既久非不自知其不堪也猶且俛然安之日黽勉以從事焉豈人臣陳力止於不能之義哉臣生長遐荒粗知章句偶叨科第遂玷班行年除歲遷濫竽内閣僥倖至於極品性資淺陋器本不足以大受舉措輕率才又不足以任重物望未愜

心常自慙在先朝累疏陳情未遂明農之願恭遇皇
上膺天眷命嗣承祖宗大統簡任賢能一新政理以
臣庸劣分宜罷黜連年懇請尙闕俞音顧蒙假寵益
隆任遇非不欲俯竭涓埃仰以少裨山海才微力弱
瘝曠日多龠合已溢匹雛亦不能勝猶日呶呶然槩
以密勿贊襄自詭回顧於中臣亦自愧無能陳力而
不知止也伏望皇上矜臣尸素之愆察臣悃愊之懇
特降睿旨容臣退休凡臣未塡溝壑之年皆臣感荷
聖恩之日也臣曷勝懇切祈請之至

自陳失職求罷疏 嘉靖三年三月二十六日

臣晁謹奏爲自陳衰病乞賜罷黜以彰不職事臣聞古人有言有官守者不得其職則去臣備員內閣與聞大政議擬之間心知其非而事失其守者不一而足其爲不職甚矣誤國負君義當罷黜兩月以來我
皇上欲加稱本生父母尊號并議建室禮儀尊號勅諭已行恭上册寶亦擇定日期固無容議惟建室之議今猶未有當上意者方勅旨之未行也伏蒙皇上召諭平臺又累遣司禮監太監張佐等至內閣宣諭前後多至十六七次臣與同官毛紀費宏反覆論奏

數十百言大略謂皇上命加尊號之初佐等奉命一日之內四次到閣及召諭後半日之間又三次至閣其時皆有非常風霾之變蓋上天以此警動聖心其事正與元年春郊祀禮成駕甫還宮而清寧宮後殿災同一仁愛之至仰惟皇上天縱聖神嗣承大統至親倫序天與人歸固不待贊然非聖母昭聖慈壽皇太后懿旨傳武宗皇帝遺命則將無所受命而授受大義不明今既受命於武宗則卽嗣武宗之統爲武宗之後以奉祀宗廟旣後武宗而受一統之天下則當如春秋君子不以親親害尊尊臣子一例之說而

以父道事先帝以子道自處特兄弟之名有不容紊者故但兄武宗考孝宗母昭聖而於孝廟武廟皆稱嗣皇帝稱臣稱御名以示繼統承祀之義所後所生稱號之間未可混然無別理當愼重既而特頒御批欲爲本生父立廟奉先殿側責臣等不能將順議擬臣等又極言其不可且望皇上思武宗授受之義念昭聖定策之恩尊意正統以安宗社已嘗備以前言而奏及佐等附奏節蒙聖諭朕於正統大義未敢有違則聖心固已洞燭臣等之愚言矣及禮部會官議上又節該奉旨有與古哀等帝王不同之論臣竊以

謂漢哀等帝夫人皆羞稱之皇上豈眞欲與之較量同異乎蓋聖心灼見彼之非禮而決不肯少效其所爲也臣請爲皇上終言之自古人君嗣承天位謂之承祧踐阼祧謂宗祧阼謂廟之阼階皆主宗祀而言禮爲人後者惟大宗以大宗尊之統也亦主宗廟祭祀而言自漢至今千六七百年未有爲本生父立廟大內者漢宣帝以兄孫繼統爲叔祖昭帝後止立所生父廟於原葬廣明苑北謂之奉明園光武掃平僭亂奮然崛起蓋取天下於新莽非繼正統於平嬰一聞張純朱浮建議卽尊事大宗繼體元帝降其私親

四世祠於原葬之地章陵宋英宗所生父濮安懿王亦止即園立廟我皇上先年有旨立祠安陸其事與漢之宣帝光武宋之英宗適同禮雖非正猶有可諉今乃宣帝光武英宗之不如矣豈臣愚所望於皇上哉我孝宗皇帝欲奉安孝肅太后神主於奉慈殿嘗面諭大學士劉健李東陽謝遷曰宗廟事關係綱常極重豈可有毫髮僭差又曰事當師古末世鄙褻之事不足學大哉皇言眞可以爲萬世帝王之法蓋成化二十三年因奉安孝穆太后神主始倣周人立廟祀姜嫄之制建奉慈殿至宏治十七年孝肅崩遊其

神主本當祔享英廟先於成化四年已有定議孝宗猶謂不合古禮且云孝肅鞠育朕躬恩德深厚朕何敢忘但一人之私耳不可從朕壞起乃亦奉安孝肅神主於奉慈殿孝宗聖孝高出前古此所以爲聖人也以二太后神主本該祔享太廟孝宗猶不敢違於古禮況今日建室之議其可不求合於古禮哉惟我皇上既後武宗而繼其統以考孝宗祗奉武宗以上祖宗列聖之祀則大宗廟祀身既主之今又欲兼奉小宗廟祀情既重於所生義必不專於所後孝宗武宗在天之靈果將誰託乎祖宗列聖神靈必不能安

竊恐獻帝神靈亦將不能安雖聖心亦自不能安也
今日天下受於武宗蓋天之歷數自我祖宗列聖傳
於憲祖孝考以及武宗非傳於獻帝也獻帝生前止
受王封身後始加帝號生既未帝豈可沒而廟祀大
內之中雖本生之恩至重至大尊崇稱號已極至而
無以加今又建室則將置孝宗武宗於何地而武宗
承於孝宗之統其孰繼之蓋繼統即所以爲後主祀
即所以繼統大宗小宗非可以一身兼爲其後兼繼
其統兼主其祀者考之聖經質之古禮已該臣等言
之九卿言之翰林科道部屬等官言之皇上奈何一

切拒之而不聽哉近該禮部尚書汪俊乞休乃遽允
其還鄉南京刑部主事桂萼張璁有言乃命會官併
議且各行取來京其日天氣本是晴明午後陡變爲
陰晦至暮而風霾尤甚不異於前月之二十二日且
自前月二十二日至今正衆論紛紜之際陰翳風霾
殆無虛日天心仁愛尤極惓惓蓋言者敢稱皇伯考
之說逆天悖理得罪於祖宗已甚雖聖心未嘗惑於
其言而上天猶諄諄然以此致警悟之意皇上其可
不思所以奉慰祖宗之心以上回天意哉臣官冐孤
卿職慙匡正積誠未至不能上格淵衷不職之愆萬

死莫贖豈敢復靦顏班行之上况臣近數日來頭目眩暈腿膝酸軟行步艱窘不便朝參伏望皇上遠師古聖近法孝考深惟宗廟事重關係綱常毫髮僭差有干正統抑情準禮俯從公議仍乞特垂矜察罷臣職務放歸田里曷勝感戴天恩之至臣嘗考之聖賢經傳略知古人爲後大宗之義謹附錄進呈用備重瞳之覽以堅皇上專意正統之素心伏乞聖明鑒納

爲後大宗疏 嘉靖三年三月二十六日

臣冕謹奏爲大禮事臣備員內閣竊見朝廷二三年來累次命官會議大禮因考之儀禮及春秋經傳等書於古人爲後大宗之義頗知其槩世之學者任情違禮言人人殊豈人人故自殊其言哉學術不明人自爲說陷於一偏一曲而不自知也我祖宗朝建學立師專以五經四書爲教凡先儒註釋雖兼采衆說一主二程朱子之言以上宗於孔子科目所取朝廷所用非明經而不悖於程朱之說者不得與近數年來異說競起是以古人爲後大宗之義不明於天下

臣因舉程朱諸儒所論有與古義互相發明者撮其大要條列一二謹錄進呈伏望皇上留神省覽益堅聖明專意正統之盛心則凡任情違禮之說自不得以上惑聖聽而於君德世道皆不能無小補矣不勝惓惓願望之至

一三代及漢魏唐宋以來爲人後之議

公羊高傳春秋曰爲人後者爲之子非高創爲斯言也高爲子夏高第弟子子夏上傳於孔子而以授之於高也世之學者不原其所自遂直以爲漢儒之言誤矣惟以此言爲出於漢儒而

不知爲孔門之所傳授由是不明春秋躋僖公之旨凡逆祀之說子雖齊聖不先父食之說先禰而後祖之說無昭穆則是無祖之說君子不以親親害尊尊之說臣子一例之說皆莫之講而三代以來爲人後以重承祀繼統之大義皆托之空言矣邪說紛然卒莫之禁國固可以有二統尊固可以有二上人固可以有二考人欲肆而天理微彜倫斁而世道降未必不由此以致之也唐之宣宗禘祭祝文於穆宗及敬文武三宗皆稱嗣皇帝臣某昭告猶爲不失此意穆

於宣爲兄而敬也文也武也則皆宣之猶子也叔父之於猶子倘可以稱嗣稱臣況宣之於穆本弟之於兄乎故弟之於兄叔父之於猶子皆以君臣倒之與父子無不同焉者雖祖孫亦然可以考則稱考可以兄則稱兄其名稱皆不敢紊至於叔父雖尊行臣也猶子雖卑行君也舉其所重惟以臣道自處而不敢不以君道事先君焉叔父之名猶子之名皆不必著於宗祀之文而亦未嘗廢也夏有天下四百三十餘年傳十五世凡十七君而以弟繼兄者二人仲康之

於太康則兄終弟及之始也商有天下六百四十餘年傳十七世凡三十君而以弟繼兄者至三十八孔光所謂殷之及王是也周有天下八百六十餘年傳三十二世凡三十七君而以弟繼兄者猶五人焉兄終弟及自三代以來不爲少矣三代宗祝之文今雖不可考見而凡嗣先君者未嘗不稱嗣亦未嘗不以臣道自處弟之於兄亦何以異於子之於父哉春秋書公孫嬰齊不曰公孫嬰齊而曰仲嬰齊者見嬰齊以弟而後兄也列國陪臣尚明此義況有天下者乎

胡氏謂其亂昭穆之序者以兄不可以子其弟故謂弟不可以後其兄也不知倒以君臣之道而仍不廢兄弟之名圖春秋之所予也昭穆之序何有於亂乎獨不記僖躋於閔臣子一例之說乎由前之說則兄爲弟後既可以行於國君矣由今之說何弟爲兄後乃不可以行於卿大夫乎不知道雖倒以君臣而名不廢於兄弟則雖有天下者無不可行而況於有國有家者何不可行之有哉又春秋於定公八年書從祀先公三傳皆謂先公爲閔僖以文公逆祀至定公

始正先公之位次爲順祀也劉原父釋經至謂陽虎惡季氏以臣而陵君猶僖公以子而先父故先正逆祀以微諭其意則直稱僖爲子謂閔爲父而兄爲弟後者亦以君臣倒之於父子矣況弟爲兄後者乎漢周舉引閔僖二公事以斷殤順二帝昭穆之序謂殤帝在先於秩爲父順帝在後於親爲子亦固以君臣倒之誠有得於春秋之義矣自漢成帝以兄弟不得相入廟舍其弟中山王而立姪定陶王於是兄終弟及之典不復見於世唐之敬文武三宗雖相繼而及

然皆乘時之亂立不以正未有若我武宗皇帝遵奉祖訓而親挈神器以授之於我皇上者也念大統之所由傳思大義之所當盡據經守禮正名定分豈非今日之第一義乎今之不明此義者乃曰皇上由宗藩入繼大統與宋之英宗素養育於宮中者不同不思舍所生而後所繼大統所在既身嗣之自不得不以父道視之矣豈爲其有養育之恩哉特兄弟之名自有不容泯焉者耳又曰孝宗有武宗爲之後矣今乃又後於孝宗武宗無後矣今顧不爲之後不思嗣

武宗之統即爲武宗之後既後武宗即繼武宗而子於孝宗正如孝宗原有二子而兄終弟及非越武宗而直上嗣夫孝宗之統也統之所在即當後之嗣其統即所以後其人而承其祀武宗豈果無後哉此義既明則夫兄而父事之不敢不以兄名稱焉弟而以子道自處不敢紊夫弟之名以自稱也由是伯父而父之伯母而母之父矣而不敢自父焉母矣而不敢自母焉禮儀之節稱謂之等一皆有義以制禮有禮以防情原乎天理之正即乎人心之安名無不正言

無不順施無不當行無不宜者矣知繼正統也知重大宗也旁親固在所略矣小宗固有所不暇顧矣使本生兼厚焉小宗兼重焉則爲後之義不專矣揆之於道夫豈順乎度之於禮夫豈協乎春秋之義不如是也師丹之議講於漢明帝之詔行於魏程子之論著於宋雖言之淺深義之精粗未可以槩論皆有得於春秋之旨者也議禮之臣上法三代下則兼取漢魏唐宋以來行之而善者用之於今日庶幾不失聖人春秋之義矣

臣謹按宋儒朱熹謂禮家先儒之說兄弟傳國以其嘗爲君臣便同父子各爲一世此爲禮之正法由熹此言觀之則春秋臣子一例之說雖聖人復起亦有不可易者古者爲人後之義至是益彰彰然明矣

一漢宋名臣大儒爲人後之議

漢宣帝初卽位詔議故太子謚有司之奏已謂禮爲人後者爲之子及成帝召丞相御史大夫議宜爲嗣者又皆以爲禮曰昆弟之子猶子也爲其後者爲之子也至哀帝欲加定陶共皇稱

號師丹亦曰爲人後者爲之子西山真氏取丹此議編入文章正宗且曰丹議甚得禮經本指其曰爲人後者爲之子本儀禮云蓋此語雖創見於公羊高春秋傳中而實本於儀禮古之治禮者世守焉所以語類載朱子語學者英宗朝事亦曰當時濮議之爭都是不曾好好讀古禮見得古人意思爲人後爲人子其義甚詳漢宋以來名臣大儒凡論主後事未嘗不以此言爲準

臣謹按漢文帝時嘗賜天下民當爲父後者

嗣一級由此觀之則子之於父有當爲後者亦有不當爲後者非謂凡爲人子者皆可以爲父後也子之後其父者旣繼其統系卽承其宗祀皆爲後之事非如今之人謂繼統爲承其基業而爲後乃是繼嗣而爲子也可見今之人繼統不繼嗣之說者不明於禮爲人後之義者也

一朱熹論宋英宗事

朱熹嘗因門弟子問濮議答曰歐陽修之說斷不可且如今有爲人後者一日所後之父與所

生之父相對坐其子來與所後父爲父終不成又與所生父爲父這自是道理不可試坐仁宗於此亦坐濮王於此使英宗過焉終不成都與兩人爲父只緣衆人道是死後爲鬼神不可考胡亂呼都不妨都不思道理不可如此先時仁宗有詔云朕皇兄濮安懿王之子猶朕之子也此甚分明當時只以此爲據足矣

臣謹按朱熹此言可見所後所生其稱謂之間自有不得而同者大宗正統義固有所專也

一宋孝宗理宗於其本生父母止稱爲所生父所生母甚得古禮爲後之義

宋高宗既立孝宗爲皇太子封皇太子所生父子偁爲秀王所生母張氏爲夫人理宗既後寧宗爲帝追封所生父希瓐爲榮王所生母全氏爲國夫人其後二君在位三四十年於其所生父母并無別樣稱呼之事

臣謹按孝宗於其所後父高宗及所後母吳太后最盡孝道所以得稱爲孝其後理宗亦以專意正統於所後倫理無失得稱爲理不

但以其能表章理學而已若二君者可以爲萬世爲後大宗者之法矣

辭免賞賜題本（嘉靖三年四月初九日）

臣某等謹題爲辭免賞賜事嘉靖三年四月初九日伏蒙聖恩以撰擬尊號册寶遣司禮監官頒賜臣等各銀二十兩紵絲一表裏臣等拜稽之餘曷勝惶汗切念見今各處災傷百姓餓莩流移困苦萬狀上廑宸慮命官賑濟而所在倉庫空虚財用匱乏臣等叨居重任目擊時艱雖本等俸入猶以素餐爲愧況代言視草實臣等職務之常今乃過蒙寵賜臣等决不敢覥顔以登受也伏望聖明收回恩賜仍歸內帑以充經費則臣等庶可少免冒濫之譏矣臣等不勝感

激懇切之至

重刻蔣文定公湘皋集卷之十一終

一園俞當藹校字

重刻蔣文定公湘皋集卷之十二

清湘後學俞廷舉重編
闔邑紳士　同刋

奏

乞請昭聖皇太后不必傳免命婦朝賀題本 嘉靖三年四月初十日

臣某等謹題今日早司禮監官傳云皇上親至仁壽宮上加稱尊號册文聖母昭聖康惠慈壽皇太后遂有懿旨免命婦朝賀聖心有不能自安者諭令臣等知之聖母免賀之故非臣等所能與知然聖心爲此

不安則當因此自反以擴充聖孝使母子之閒自此無一毫嫌隙而後於聖德乃能無損臣等有納誨輔德之責誠不能無望於聖明也當武宗上賓之時大統未安人心危疑宗社大計繫於一言定於頃刻若非聖母首傳懿旨迎立皇上而又亟擒江彬以除逆亂之黨則旦夕禍變豈能豫測皇上雖倫序當立亦豈能雍容入朝垂拱而臨萬國耶然則聖母之恩固不可忘矣且聖母上配皇考孝宗敬皇帝母儀天下已四十年今席書桂萼張璁等乃進邪說欲改稱孝宗爲皇伯考聖母爲皇伯母蠱惑皇上純孝之心雖

皇上中有所主不爲所惑然而自講論大禮以來席書不由吏部推薦徑自中批陞禮部尚書桂萼張璁皆令兵部鋪馬差人行取意嚮所在中外皆不能無疑以爲書等若來猶欲必行已說復有更改臣等竊恐聖母頗聞其說於心或亦不能釋然而無疑也不然則尊崇大禮一受朝賀亦不爲勞又足以盡皇上孝奉之情而何爲遂有傳免之旨耶茲蒙皇上遣人垂問蓋必有感悟之機竊惟今欲轉移聖母之心亦甚易焉大禮已行尊號已定彼席書桂萼張璁二三奸佞之臣即使復來無所施設宜即傳一旨追寢席

書新擢之命而止尊璁之來則聖母之心自安而聖
孝無損聖德有光天下後世皆仰頌皇上爲聖明之
主矣臣等一念忠誠無任惓惓之至伏惟聖明鑒納
即賜施行幸甚幸甚

蒙垂問昨日進言之故揭帖 嘉靖三年四月十一日

臣某等昨日伏蒙皇上遣司禮監官傳諭以聖母昭聖康惠慈壽皇太后欲免命婦朝賀再三說聖心因此不安仰見皇上至孝之情有動於中所以虛心垂問輒敢冒進忠言今日又蒙垂問進言之故緣臣等職在輔導實望皇上全聖孝以光聖德非有他意敢此具奏伏惟聖明鑒察

謝遣官慰諭題本 嘉靖三年四月十一日

臣某等謹題昨日伏蒙皇上以聖母昭聖康惠慈壽
皇太后尊號禮成之後欲免命婦朝賀心有未安遣
司禮監官傳諭聖意臣等自以職忝輔導輒有論奏
心雖出於忠誠詞或近於激切今日復蒙遣司禮監
太監張佐等至內閣特賜慰諭不加譴責仰惟聖度
包荒寬如天地臣等不勝感幸之至除北面叩頭外
謹具題謝恩

再辭賞賜題本 嘉靖三年四月二十二日

臣某等謹題爲懇辭恩賚事近緣尊上兩宮徽號伏蒙皇上念臣等撰述奏册四月初九日欽賞臣等各銀二十兩紵絲一表裏臣等心甚不安當卽具疏辭免未蒙俞允續於十二日十八日二十二日節蒙昭聖康惠慈壽皇太后章聖皇太后皇上各有銀幣之賞臣等荷此厚恩不勝感激然捫心揣分愈不自安竊惟君之於臣固將因事以酬勞而臣之自處則當見得而思義今日之賞於義不可受者有四請爲皇上一一言之盖臣等忝居密勿以納誨輔德爲忠太

禮之議誠不足以開悟聖心力不足以排距邪說委曲將順愧已難逃若復受賞益增惶懼此義之不可受者一也典司册命潤色文辭乃臣等當務之職區區撰述何足言勞此義之不可受者二也今民窮財盡帑藏空虛臣等每欲朝廷節縮冗費裁省冗食以紓民力而於恩賚之加則恬然受之人其謂何此義之不可受者三也況四方在在告災饑困之民至於父子相食臣等叨享厚祿不能爲國家救災恤患而乃濫受金帛以自封殖爲罪愈深此義之不可受者四也所有前項銀幣不敢持歸私家藏之閣中封識

惟謹伏望聖明俯鑒臣等愚衷准令辭免收回內帑
庶幾不見罪於公議而臣等之心得以少安其感激
聖恩尤倍於受賜萬萬也臣等無任懇切祈請之至

議禮失職懇求休退奏嘉靖三年四月二十二日

臣冕謹奏爲乞恩懇求休退事臣近者自陳衰病懇乞罷歸伏蒙聖慈特降溫綸未賜矜允且命鴻臚寺少卿鄭紳兩至臣家宣諭卽出臣隨於次日早陛見謝恩謹如聖諭扶曳病軀進閣供職臣雖愚昧心非木石寧不知仰戴殊恩勉圖報稱何敢輕爲進退以孤九重之眷注哉况臣所論大禮節奉御批朕於爲後大宗之義未嘗有間小大臣工孰不仰歎我皇上尊意正統孝養宮闈之盛美自古帝王由宗藩入繼大統而能盡宮闈之孝者莫如宋孝宗其於所後母

吳太后嘗加稱壽聖齊明廣慈六字之號今我皇上
加稱聖母昭聖康惠慈壽皇太后尊號其事正與之
同皇上之孝無異於宋孝宗之孝矣册寶既上詔諭
已須義專隆於大統禮兼盡夫至情雖千百席書輩
行取到京必不敢復肆異說以惑聖聰無庸再瀆惟
修飾空室以盡追孝禮儀昨該禮部奉旨欲會臣等
議擬臣竊以爲自漢至今歷千數百年未有行此禮
者而今日乃欲創行之則議之不可以不審處之不
可以不愼必稽於公論必考於古典上必體夫天意
下必順乎人心然後祖宗列聖以暨我孝宗武宗獻

帝神靈無一不安豈可偶因一二人任情違禮之言而遽欲斷然行之不容再議也哉使獻帝神靈稍有不安則九廟神靈必將不能安皇上聖心稍有不安則祖宗列聖暨我孝宗武宗之心亦必不能安矣伏惟皇上聖性聰明得於天縱雖云追孝本生未嘗有違正統今但修飾空室則室已不必剏建特因見有者修之飾之而已臣知聖心於此亦固有不能自安者所以不曰立廟亦不曰建室惟曰修飾空室以時追慕焉豈非以宗廟之祀躬自主之乃禮之正而修飾空室以時追慕特情有不能自已者乎以禮抑情

用以上慰九廟在天之靈使大宗正統義必致專而
無所分焉則聖心自無不安者矣今推崇尊號隆重
已極不可復加蓋前古所未聞而今日所創見在聖
孝已爲極盡於聖情已爲過厚則修飾空室禮儀姑
罷議焉可也乃必欲行之使天下後世謂臣等不能
據經守義誤皇上有此非禮之舉臣雖委骨九泉目
亦不得瞑矣該修飾空室之旨既下文武群臣孰不
仰怵天威恐懼待罪其夕即無風而霾次日早尤甚
方羣臣侍朝時黃塵蔽天而下遍地皆是凡有目者
莫不見之天與祖宗列聖之心昭然可畏皇上寧可

不思所以致此災變之由也哉思之而又思焉務求
所以合公論協人心準古禮以上囘天意特在聖心
一轉移之間耳所有前項禮儀乞免令臣等會議以
全皇上專意祗奉宗廟之大孝實臣愚之所惓惓致
望於聖明者也况席書等所論推崇祀享之事與臣
平日所論無一語不氷炭相反今彼數人者既先後
取來則臣之當退無可疑者臣老病侵尋日甚一日
今又頭目眩暈瞻視失常腿膝酸軟步履甚艱夜則
盜汗遍體晨則便血無時氣益弱而身益衰委實鞭
策不前有負任使用是不避屢瀆敢此再陳伏望皇

上諒臣素願豈不戀於聖明察臣愚衷豈不感於恩
遇鑒其義有未安憫其情非獲已特垂睿照賜以殘
骸俾歸老於故邱庶粗全於晚節則凡溝壑未塡之
日皆荷乾坤再造之仁矣臣無任祈懇俟命之至

致仕後謝恩奏嘉靖三年五月初二日

致仕某官臣冕謹奏爲謝恩事本年四月二十日臣以疾塡註門籍在家調理至二十二日具奏乞休節奉聖旨特允所請有司月給米四石歲撥人夫六名應用寫勑着馳驛去欽此竊念臣以庸愚濫竽內閣朝夕瘝曠無補絲毫顧乃屢以衰疾上瀆宸聰懇乞退休每蒙慰諭聖皇之眷注甚渥微臣之下愚不移天鑒孔昭特荷俞允且又寵以璽書許之乘傳人夫月米給在有司汪濊殊恩實倍常品況臣乞免會議修室禮儀未奉明旨之先禮部不知且未遑訪議本

月二十六日輒以臣職名開具會同上請致臣於茲一事未經旬日二三其說仰荷至仁不加詰責其爲寵假未易具陳感戴之私匪言可喻雖餘生之無幾誓飲德以終天曷其有窮也臣見今便血不止腿膝酸軟未能躬謝殿廷除望闕叩頭外謹具奏謝恩

辭免世廕錦衣衛指揮同知奏嘉靖三年五月二十二日

致仕某官臣冕謹奏爲辭免恩命事近者伏蒙聖恩允臣休退已陛辭出京即與舉家老稚同乘賜舟南行本月二十日舟至河西水驛前准兵部咨該吏部等部會題節奉聖旨蔣冕勞勩異常旣辭免封爵照前旨廕一子做錦衣衛指揮同知世襲欽此俯承恩命實切驚惶微臣已歸老於山林聖主尚留神於齒錄特令廕叙延及子孫惟是武階之選除皆由軍功之推擢顧念踈鄙文墨之職遂同艱危汗馬之勞以環衛三品之官爲儒臣奕世之寵本無勞勩乃云勞

勤巽常久玷政機不謂政機有誤疏封伯爵雖荷允
辭世廕恩綸尤屢屢降捫鄙懷而自愧揣愚分以何
安敢避煩瀆之嫌冀蒙高明之聽伏望皇上收回新
命別賜有功庶朝廷之敷布爵賞既盡酬勸之公愚
臣雖遠去闕廷亦免叨冒濫之誚矣臣不勝悚懼待
命之至

對

召見慰諭口對（正德十六年四月二十九日）

上御文華殿召臣廷和臣冕臣紀至黼座前上宣諭曰先生每爲國勤勞宜安心辦事臣等三人叩首訖謝云陛下聖政更新臣等奉行惟知守法不顧怨謗以致流言上賴聖明慰諭照察臣等不勝幸甚上復宣諭云知道了與茶喫（時大臣中有被科道官彈劾下獄者專歸咎於石齋楊公特疏論列楊公亦連疏辯白皆留中特屢宣諭因波及於冕及彌菴毛公上之德至矣哉）

召見平臺對 嘉靖二年五月十八日

朝罷召臣廷和臣冕由東角門入至平臺謹身殿東後左門之左也上御煖閣及門張司禮佐承旨呼來臣等應之如文華殿後日講之儀入門叩頭者三上曰前乃稍進去御座僅尺許上親授臣廷和手勅一通諭臣等曰是孝道事先生每將去行臣等叩頭訖共展讀之其辭曰諭大學士楊廷和等朕承天命入奉宗祧自即位以來奉天法祖恭侍兩宮日勤政事未敢一時怠忽朕本生父興獻帝母興國太后雖帝后之稱禮養於天下未遂朕心矣今尊朕父興獻帝

爲興獻皇帝母興國太后爲皇太后其尊號字稱并
勑諭卿等便寫擬來看施行朕以答劬育罔極之恩
安治天下卿等其承之再勿固執宸翰也臣等又叩
頭訖臣廷和言曰臣等欽承上命敢不遵奉但此大
禮關係萬世綱常在舜禹之聖皆不曾行陛下有舜
禹之資臣等不以舜禹所行事陛下是不忠也臣等
平日議論已盡雖死不敢奉命上曰自古亦有行者
臣冕曰古來惟漢哀帝曾行陛下不法舜禹如何學
漢哀帝然哀帝亦止稱定陶共皇未曾有稱帝者臣
廷和言哀帝是衰世庸君不足爲法臣等望陛下惟

法舜禹臣等自正德十六年三月十四日言之至今
使若可行臣等當先事奏請上以慰皇上孝心下以
盡臣子職分何待煩勞聖意也上曰朕受天命繼大
統要爲父母盡孝道臣冕言天子之孝在於承宗祀
安社稷陛下承太祖太宗孝宗武宗之統與獻帝與
興國太后稱帝稱后已極尊崇今止讓一皇字少見
大宗小宗正統本生之別若再有所加祖宗在天之
靈必不能安恐興獻帝神靈亦必不能安也臣廷和
言去年帝后尊號之加外議至今未已臣等心尚未
安若再有所加未免損聖德虧聖政臣等輔弼之臣

將欲何用上曰朕心只在盡此孝情臣廷和言連日
司禮監官傳諭聖意委曲詳盡臣等俱已知之孝道
莫大於盡禮孔子告孟懿子問孝只說生事之以禮
死葬之以禮祭之以禮若違悖於禮豈得爲孝凡人
皆隨事盡得本等職分皆可稱孝古人以事君不忠
戰陣無勇爲不孝蓋爲不能盡本等職分也陛下敬
天法祖用賢納諫愛養軍民全盡君道即是孝之大
者上曰朝廷政事朕不曾怠忽了臣冕言陛下勤政
事便是大孝的事臣廷和又言陛下順天應人入繼
大統爲天下臣民之主若此等大禮所行未當則上

無以合天心下無以服人心誠恐聖心亦自不安臣
子之心皆不安也臣等恭奉聖諭措身無地豈敢固
執亦知陛下之心有大不得已者容退後再進揭帖
陛下從容啟知興國老娘娘以安老娘娘之心張司
禮佐等跪云到下面再議臣冕云臣等言論已盡更
無他議諸司禮皆跪賴太監義云叩頭叩頭臣等叩
頭訖命賜酒飯臣等又叩頭訖遂舉勅諭出諸司禮
皆出門送舉手相揖上言温氣和臣等辯論雖多王
色怡然略無所忤天地之量也初承召時王文書平
導之入且行廷和私語冕曰此爲大禮也事必不行

言不可激晃以爲然一時應對之言不能悉記姑錄
其槩如此以俟遭逢之盛云時礪菴湖東二公俱在
告

表

代文武百官賀登極表

公侯駙馬伯文武百官魏國公臣徐鵬舉等誠歡誠忭稽首頓首上言伏以高穹垂眷貞符申錫於皇明眞主應期大德重開夫景運茂對光華之旦益培久大之基慶協天人歡騰夷夏恭惟皇帝陛下聰明得於天縱仁孝本於性成蚤毓德於宗藩務潛心於古訓親賢好學潔己愛人以天序之至親承先皇之顧命上而聖母擁佑之切下而臣民擁戴之誠懸望屬車亟登大寶璽符迎代邸合萬姓而同辭歷數在舜

躬曠千古而一轍聖作物覩乾轉坤旋是誠天生不
世出之資將俾人沾大有爲之澤也伏願念祖宗艱
大之基業慰黎庶遠邇之謳歌再造寰區肇新民物
承祧踐阼禮克愼於郊禋繼體守文事一遵於祖訓
祼獻時承於太廟定省日謹於慈闈春育海涵布仁
恩於宇宙風飛雷厲肅綱紀於班行端一心以正四
方用孶賢以熙庶績赫矣無前之偉烈巍然振古之
鴻休臣鵬舉等叨沐恩波幸陪朝列雲龍風虎欣逢
千載之昌期山阜岡陵願祝萬年之聖壽無任瞻天
仰聖踊躍欣戴之至謹奉表稱賀以聞

解

經筵進尙書解

書曰旌別淑慝表厥宅里彰善癉惡樹之風聲弗率訓典殊厥井疆俾克畏慕申畫郊圻愼固封守以康四海

這是周書畢命篇康王命畢公往治東郊欲其保釐殷民的意思淑是善慝是惡癉字解做病字康王告畢公說如今殷之頑民雖已式化厥訓然其間亦自有善有惡不可不用意去勸戒他於那爲善的爾必旌異他起來使人皆知勉於爲善於那

為惡的爾必揀擇他出來使人皆知戒於為惡如那孝順父母愛敬長上的便旌表他門閭使人都知道這是箇某人孝行之門這是箇某人節義之家這等尊顯那善人以去比病那惡人使那善人的風節聲名聳然樹立起來流傳在天下後世與人做箇法則這便是旌善若有那不孝不弟違背訓典的便殊異他井里疆界着他另在一邊不得與良善人家混處使他畏懼這為惡之禍羨慕那為善之福這便是別惡故曰旌別淑慝表厥宅里彰善癉惡樹之風聲弗率訓典殊厥井疆俾克畏

縣郊是國外之地五十里至百里皆是圻字與畿甸的畿字一般康王旣命畢公區別所轄的閭里就教他去整齊王畿地方說郊圻千里之地彼先周公召公經營的時節那疆域遠近界限等差固已規畫有定制了如今還當申明約束不可有一事廢弛封域四塞之固彼先周公君陳保釐的時節那山川險阻城池高深固已防守有定所了如今還當嚴謹戒飭不可有一時怠忽蓋王畿是天下根本王畿不尊則天下無由而安必須時時去修葺常常去整理庶幾王畿尊嚴有備無患然後

天下四方都畏威仰德保安家業可以共享太平之福矣故曰申畫郊圻愼固封守以康四海臣謹按畢命這一段說話前七句是勸善懲惡的事後三句是修內攘外的事康王并舉以爲畢公告蓋述其所以治天下者欲畢公以之而治東郊也然臣於此竊又以爲懲惡乃所以勸善修內卽所以攘外苟或勸善之典雖舉而懲惡之令不嚴則忠邪雜進小人得志而善人亦不得以自盡攘外之法雖悉而修內之功未至則邊疆徒固民心內潰而王畿亦不能以自尊故不徒勸善而必兼舉乎

懲惡之政不徒攘外而必先盡乎修內之功則禍亂不生覬覦不作重熙累洽之治可以永保於無窮矣周自文武成王以至康王太平既久正法制易隳人心易玩之時不有振奮激昂之政出於其間則天下之勢且將日入於頹靡以馴致於壞亂雖聖人亦末如之何矣康王有見於此故拳拳以四者爲言而究其先後本末則尤欲勸懲不務乎姑息而安攘惟專於自治此其所以君子進而小人退朝廷正而天下治有以光大文武成王之業也然則後之有天下者其可不以康王爲法哉洪

惟我太祖高皇帝膺天眷命用夏變夷雖登用賢能而未嘗不以懲創姦惡爲急雖削平寇亂而未嘗不以撫綏黎庶爲先此其心卽康王之心而其政卽成周之政萬世聖子神孫之所當深念也恭惟皇上嗣大歷服以來宵旰憂勤勵精圖治勸懲安攘之政固云至矣顧時平人玩法久弊生治理之幾正在今日尤願聖不自聖雖休勿休不謂無虞而忽儆戒之功不謂太平而忘奮厲之志信賞罰叅黜陟使懲惡之典尤明輕賦役薄稅斂使修內之功益篤則萬姓歸心四夷拱服國家靈長之

祚當與天地同其悠久矣豈但如成周八百年而
已哉臣等不勝懇懇仰望之至

重刻蔣文定公湘皐集卷之十二終

一園俞當藹校字